世《せ》界《かい》一《いち》クラブ

最強《さいきょう》の小学生《しょうがくせい》、あつまる！

大空《おおぞら》なつき・作
明菜《あきな》・絵

JN223987

角川つばさ文庫

世《せ》界《かい》一《いち》クラブ

最強《さいきょう》の小学生《しょうがくせい》、あつまる!

目次《もくじ》

世《せ》界《かい》一《いち》クラブ
人《じん》物《ぶつ》紹《しょう》介《かい》
世《せ》界《かい》一《いち》の柔《じゅう》道《どう》少《しょう》女《じょ》
五《ご》井《い》すみれ
小《しょう》6。世《せ》界《かい》レベルの運動《うんどう》神経《しんけい》を誇《ほこ》るスポーツ少女《しょうじょ》。一番得意《いちばんとくい》なのは、世界大会《せかいたいかい》で優勝《ゆうしょう》した柔道《じゅうどう》。だれかれ、かまわず、投《な》げとばす!?
世《せ》界《かい》一《いち》の天《てん》才《さい》少《しょう》年《ねん》
徳《とく》川《がわ》光《こう》一《いち》
小学《しょうがく》6年生《ねんせい》。読《よ》んだ本《ほん》はもう何十万冊《なんじゅうまんさつ》。しかし、起《お》きてから3時間《じかん》たつと、眠《ねむ》っちゃう!?

世界《せかい》一《いち》の忍《しの》び小学生《しょうがくせい》
風《かぜ》早《はや》和《かず》馬《ま》
由緒《ゆいしょ》正《ただ》しき忍者《にんじゃ》の家《か》系《けい》。忍《しの》びの大会《たいかい》で毎年《まいとし》優勝《ゆうしょう》！ただし、忍《しの》びであることは、知《し》られてはいけない！
世界《せかい》一《いち》のエンターテイナー小学生《しょうがくせい》
八《や》木《ぎ》健《けん》太《た》
小《しょう》6。ものまね、コント、一人《ひとり》漫才《まんざい》、落《らく》語《ご》、手品《てじな》など、人《ひと》を楽《たの》しませるのが大《だい》好《す》き。けれど、本当《ほんとう》は〈世界一《せかいいち》のドジ小学生《しょうがくせい》〉とささやかれている。
世界《せかい》一《いち》の美少女《びしょうじょ》
日《ひ》野《の》クリス
小学生《しょうがくせい》美少女《びしょうじょ》コンテストの世界大会《せかいたいかい》で優勝《ゆうしょう》。演技力《えんぎりょく》と、人目《ひとめ》を引《ひ》く才能《さいのう》を持《も》つ。ところが、はずかしがりやで、人《ひと》前《まえ》に出《で》るのが苦手《にがて》！

★1 最強《さいきょう》の目覚《めざ》まし時計《どけい》！

遠《とお》くから、ウーウーと大《おお》きな音《おと》が頭《あたま》の中《なか》に響《ひび》いた。

……これ、何《なん》の音《おと》だっけ。

規則的《きそくてき》にくりかえす、心《こころ》がざわっとするサイレン。

救急車《きゅうきゅうしゃ》じゃなくて、消防車《しょうぼうしゃ》じゃなくて……。

パトカーだ。

徳川光一《とくがわこういち》は、布団《ふとん》の上《うえ》で、ぱっと目《め》を開《あ》けた。

その時《とき》だった。

ドンドンドン！

部屋《へや》の外《そと》から、階段《かいだん》を駆《か》けあがるけたたましい音《おと》が鳴《な》りひびく。

光一《こういち》が驚《おどろ》いて飛《と》びおきた次《つぎ》の瞬間《しゅんかん》、弾《はじ》けとびそうなほど勢《いきお》いよく、バーンとドアが開《ひら》いた。

「おはよう！　光一《こういち》」

小柄《こがら》な、すらりとしたシルエット。

部屋《へや》の入《い》り口《ぐち》で、ショートカットの少女《しょうじょ》が勇《いさ》ましい仁王立《におうだ》ちを決《き》めていた。

「なんだ、起《お》きてるじゃん。早《はや》く学校《がっこう》行《い》こうよ。もう七時《じ》だよ？」

「はあ!?　ま・だ・朝《あさ》の七時《じ》だ！　っていうか、すみれ。勝手《かって》に人《ひと》の部屋《へや》に入《はい》るなよ」

もう小六《しょう》だぞ？

こういう、デリカシーがないところはどうにかしてほしい。

けれど、言《い》っても効果《こうか》はないんだ。これが。

「別《べつ》にいいじゃん。幼《おさな》なじみなんだし」

光一《こういち》の苦情《くじょう》にも、すみれは涼《すず》しい顔《かお》だ。トレードマークのショートパンツ姿《すがた》で、廊下《ろうか》から光一《こういち》の部屋《へや》にずかずかと足《あし》を踏《ふ》みいれる。あちこちに積《つ》みあがった本《ほん》を、勝手《かって》にぺらぺらとめくった。

光一《こういち》は、はーっとため息《いき》をつく。

五井《ごい》すみれは家《いえ》が隣同士《となりどうし》、幼稚園《ようちえん》に入《はい》る前《まえ》からの古《ふる》い幼《おさな》なじみだ。

読書《どくしょ》が好《す》きな光一《こういち》とは正反対《せいはんたい》で、グラウンドをいつも元気《げんき》に走《はし》りまわっているタイプ。とにかく運動神経《うんどうしんけい》がバツグンで、いろんなクラブから引《ひ》っぱりだこだ。

サッカー、野球《やきゅう》、バスケなんかのチームでやる競技《きょうぎ》はもちろん、陸上《りくじょう》や水泳《すいえい》みたいな個人競技《こじんきょうぎ》でも、めちゃくちゃ強《つよ》い。

しかも、けた外《はず》れに。

体育《たいいく》では一人勝《ひとりが》ちしてしまうので、先生《せんせい》がいつもチーム分《わ》けに頭《あたま》を悩《なや》ませている……なんてレベルじゃない。

すみれの家《いえ》のリビングには、地区《ちく》、東京都《とうきょうと》、全国《ぜんこく》、果《は》ては世界大会《せかいたいかい》でもらったトロフィーやら賞状《しょうじょう》やらが所《ところ》せましと並《なら》んで、今《いま》にもはみだしそうになっている。

名実《めいじつ》ともに、世界《せかい》レベルの運動神経《うんどうしんけい》を誇《ほこ》るスポーツ少女《しょうじょ》というわけだ。

でも、一番得意《いちばんとくい》なのは……。

「光一《こういち》、そろそろ下《お》りていらっしゃい」

一階《かい》から、光一《こういち》の母《はは》、久美《くみ》の声《こえ》が聞《き》こえてくる。

「すみれちゃんも、もしよかったら、朝《あさ》ごはんを食《た》べていく？　光一《こういち》の分《ぶん》と一緒《いっしょ》に準備《じゅんび》するわよ」

「わーい、ありがとうございます！」

すみれは歓声《かんせい》を上《あ》げて飛《と》びあがると、光一《こういち》を置《お》いて再《ふたた》びドアまで舞《ま》いもどった。

ここに座《すわ》りこんでいてもしょうがない。光一《こういち》もパジャマ姿《すがた》のまま、しぶしぶ布団《ふとん》からはいだす。

「朝《あさ》ごはん、家《いえ》で食《た》べてきたんじゃないのか？」

「そりゃあ食《た》べたけど、早朝《そうちょう》からランニングして練習《れんしゅう》メニューをこなしたら、すっかりお腹減《なかへ》っちゃった」

「……それって食《た》べすぎ。」

と言《い》おうとした光一《こういち》は、瞬時《しゅんじ》に走《はし》りこんできたすみれににらまれて、ぐっと言葉《ことば》を飲《の》みこんだ。

いつの間《ま》にか、しっかりとパジャマのえり元《もと》をつかまれている。

ヤバい。

「光一《こういち》〜!!」

すみれの目《め》にもとまらぬ動《うご》きに合《あ》わせて、視界《しかい》がぐんと回転《かいてん》し、体《からだ》が宙《ちゅう》に浮《う》いた。

「必殺《ひっさつ》、一本背負《いっぽんぜお》い！」

「だから、〈世界一《せかいいち》の柔道少女《じゅうどうしょうじょ》〉がぽんぽん投《な》げ技《わざ》なんか使《つか》うなって！」

毎日毎日《まいにちまいにち》、投《な》げとばされる方《ほう》の身《み》にもなれ！

光一《こういち》の体《からだ》が、どしーんと布団《ふとん》に叩《たた》きつけられる。

すみれの元気《げんき》いっぱいな声《こえ》が、徳川家《とくがわけ》に響《ひび》いた。

「一本《いっぽん》！」

2 始業式《しぎょうしき》は事件日和《じけんびより》!?

「光一《こういち》、まだ怒《おこ》ってるの？　だから、ついつい投《な》げちゃったんだってば」

後《うし》ろから、すみれが申《もう》し訳《わけ》なさそうに苦笑《にがわら》いをする。両手《りょうて》に本《ほん》がつまったバッグをさげた光一《こういち》は、学校《がっこう》に向《む》かって歩《ある》きながら、むっつりとした表情《ひょうじょう》で返《かえ》した。

二車線《しゃせん》の広《ひろ》い道《みち》をまっすぐ、つきあたりを左《ひだり》に曲《ま》がって道路《どうろ》を渡《わた》ると、二人《ふたり》の通《かよ》う三《み》ツ《つ》谷《や》小学《しょうがっ》校《こう》がある。

道路《どうろ》沿《ぞ》いにあるマンションの向《む》こうに、校舎《こうしゃ》が少《すこ》しだけのぞいていた。

今日《きょう》は、六年生《ねんせい》になって最初《さいしょ》の日《ひ》。いわゆる始業式《しぎょうしき》だ。

まだ時間《じかん》が早《はや》いせいか、登校中《とうこうちゅう》の子《こ》どもはほとんどいない。

昨日《きのう》まではしとしと雨《あめ》が降《ふ》っていたが、今日《きょう》はぽかぽかとした春《はる》らしい天気《てんき》。

たくさんの本《ほん》をバッグにつめてきた光一《こういち》は、額《ひたい》にじんわりと浮《う》かんだ汗《あせ》をぬぐった。

「ほら、こうして罪《つみ》ほろぼしに、本《ほん》を運《はこ》ぶのだって手伝《てつだ》ってあげてるじゃん！」

「それくらいは当然《とうぜん》だ。まったく、うちでタダ飯《めし》まで食《た》べるなんてな」

結局《けっきょく》、すみれは誘《さそ》われるままに光一《こういち》といっしょに朝食《ちょうしょく》を食《た》べた。

しかも、がっつりお代《か》わり二杯《はい》も！

「未来《みらい》のオリンピック金《きん》メダリストとしては、これくらいはね」

すみれは、みじんも反省《はんせい》していないのかぺろりと舌《した》を出《だ》す。

たしかに、すみれは毎日《まいにち》、朝《あさ》から近所《きんじょ》をランニングした後《あと》、自宅《じたく》の道場《どうじょう》で組《く》み合《あ》いのけいこをしている。自分《じぶん》の倍《ばい》はありそうな大人《おとな》ばかりが相手《あいて》だから、あれくらい食《た》べないともたないのかもしれない。

それにしたって、やっぱり食《た》べす……。

いや、もう投《な》げられるのはごめんだ。

「光一《こういち》も、また柔道《じゅうどう》やろうよ。せっかく幼稚園《ようちえん》のころはいっしょにやってたのに、小学校《しょうがっこう》に入《はい》るなり、急《きゅう》にやめちゃってさ」

「いやだ、絶対《ぜったい》やらない」

「なんで？　他《ほか》の習《なら》いごとは、ちょこちょこやってるじゃん」

すみれは目《め》を丸《まる》くしながら、首《くび》をかしげる。

光一《こういち》も、柔道《じゅうどう》を始《はじ》めたばかりのころは、それなりにハマって練習《れんしゅう》をしていた。いっしょに始《はじ》めたすみれに負《ま》けたくないと、本《ほん》を読《よ》んだり、大会《たいかい》を見《み》に行《い》ったりして、自分《じぶん》なりに研究《けんきゅう》もした。

数《すう》か月《げつ》たったころ、光一《こういち》は読破《どくは》した柔道関連書《じゅうどうかんれんしょ》、有名選手《ゆうめいせんしゅ》の手記《しゅき》などから、こう結論《けつろん》づけた。

どんなに練習《れんしゅう》しても、柔道《じゅうどう》ではすみれに勝《か》てない、と。

すみれはスポーツ万能《ばんのう》だけれど、柔道《じゅうどう》に関《かん》してはさらに突出《とっしゅつ》した才能《さいのう》がある。しかも、すみれは本当《ほんとう》に柔道《じゅうどう》が好《す》きなのだ。毎日何時間《まいにちなんじかん》でも、よろこんで練習《れんしゅう》する。

勝《か》てるわけがない。

絶対《ぜったい》に負《ま》ける勝負《しょうぶ》をするなんて、いくら相手《あいて》が幼《おさな》なじみでも、いや幼《おさな》なじみだからこそ、嫌《いや》だ。

かといって、すみれに負《ま》けるのが嫌《いや》だからあきらめた、とは本人《ほんにん》には言《い》いにくい。

おれにだって、プライドくらいある。

「あたしの投《な》げで受《う》け身《み》がカンペキにできるなんて、めっちゃレアなんだよ？　センスあるって」

「おれが受《う》け身《み》だけ得意《とくい》になったのは、すみれのせいだろ。それより、本《ほん》ちゃんと持《も》てよ。引《ひ》きずってるぞ」

光一《こういち》が注意《ちゅうい》すると、すみれは口《くち》をとがらせながら、しぶしぶ本《ほん》がつまったバッグを抱《かか》えなおした。軽々持《かるがるも》っているように見《み》えるが、ざっと二十冊《さつ》はある。

光一《こういち》が持《も》っている分《ぶん》を足《た》せば、四十冊《さつ》。

朝起《あさお》こされたのはめいわくだったけど、すみれが来《き》てくれて助《たす》かったな。

「この本《ほん》、もしかして春休《はるやす》みの間《あいだ》に全部読《ぜんぶよ》んだの？」

「三日目《みっかめ》には、もう読破《どくは》してた。仕方《しかた》ないから、あとは都立図書館《とりつとしょかん》に通《かよ》ってた」

どうせ読《よ》まないだろうから、すみれにも自分《じぶん》の読《よ》みたい本《ほん》を借《か》りさせればよかった、と思《おも》ったのはヒミツだ。

「でも、別《べつ》にいっぺんに持《も》ってこなくてもよかったんじゃない？」

「……橋本先生《はしもとせんせい》が、春休《はるやす》み明《あ》けには新刊《しんかん》をたくさん準備《じゅんび》しておくって言《い》ってたから。借《か》りてたのを返《かえ》さないといけないだろ」

光一《こういち》は顔《かお》を見《み》られないように、少《すこ》しだけすみれから目《め》をそらす。

なぜかいつも、橋本先生《はしもとせんせい》の名前《なまえ》を出《だ》すのは、少《すこ》しひやりとする。

橋本由美先生《はしもとゆみせんせい》は、二年前《ねんまえ》に赴任《ふにん》してきた三《み》ツ谷小《やしょう》の学校司書《がっこうししょ》。ボブヘアにロングスカートがトレードマークの、優《やさ》しい先生《せんせい》だ。

先生《せんせい》たちの中《なか》で一番若《いちばんわか》く、話《はなし》をしっかりと聞《き》いてくれるから、図書館《としょかん》とは縁《えん》のない子《こ》どもからも頼《たよ》りにされている。さながら、図書館《としょかん》の天使《てんし》というかんじだ。

前《まえ》の司書《ししょ》の先生《せんせい》は、図書館《としょかん》の本《ほん》をほとんど読《よ》みつくした光一《こういち》を持《も》てあましていた。けれど、橋本先生《もとせんせい》は、光一《こういち》にも気《き》さくに声《こえ》をかけ、おもしろい本《ほん》をあれこれと、しかも的確《てきかく》に薦《すす》めてくれた。一度《いちど》読《よ》んだ本《ほん》でも、先生《せんせい》に、「おもしろいよ」と薦《すす》められると、なんとなくもう一度《いちど》読《よ》んでみようかなという気《き》になってしまう。

……だからって、別《べつ》にどうっていうわけじゃないけど。

「光一《こういち》って、ホント好《す》きだよね」

すみれの意味深《いみしん》な笑《わら》いに、光一《こういち》はぎくりとした。

「……何《なに》が？」

「え？　本《ほん》に決《き》まってるじゃん。またこんなにたくさん読《よ》んでさ」

なんだ、そっちか。

考《かんが》えを見抜《みぬ》かれたわけじゃないと知《し》って、光一《こういち》は内心《ないしん》で胸《むね》をなでおろす。すみれは光一《こういち》を追《お》いぬきながら、バッグにつまったぎゅうぎゅうの本《ほん》をのぞきこんだ。

「えーっと、なになに。『とっておき未解決重大事件《みかいけつじゅうだいじけん》ファイル』、『交渉《こうしょう》を絶対成功《ぜったいせいこう》させる！　コミュニケーションの秘訣《ひけつ》』？　こっちは、『未来《みらい》にやってくる科学技術《かがくぎじゅつ》』。げ、英語《えいご》の本《ほん》も入《はい》ってる！」

すみれは、変《へん》なものでも見《み》るような目《め》で光一《こういち》を振《ふ》りかえる。

「何《なに》か文句《もんく》でもあるのか」

「光一《こういち》は、いっつもあたしのこと変《か》わってるって言《い》うけど、あたしは光一《こういち》の方《ほう》が変《か》わってると思《おも》う……ま、〈世界一《せかいいち》の天才少年《てんさいしょうねん》〉らしくはあるけど」

すみれが言《い》った不本意《ふほんい》なあだ名《な》に、光一《こういち》はしぶい顔《かお》で眉《まゆ》をひそめた。

大人向《おとなむ》けの百科事典《ひゃっかじてん》を、幼稚園《ようちえん》に入《はい》る前《まえ》に読《よ》みおえた。それをたまたまテレビで紹介《しょうかい》されたのが、きっかけだった気《き》がする。

テストは常《つね》に満点《まんてん》。読《よ》んだ本《ほん》はもう何十万冊《なんじゅうまんさつ》かわからない。

〈世界一《せかいいち》の天才少年《てんさいしょうねん》〉。気《き》がつくと、いつからかそう呼《よ》ばれるようになっていた。

でも、〈世界一《せかいいち》の柔道少女《じゅうどうしょうじょ》〉に比《くら》べれば、断然地味《だんぜんじみ》なつもりだ。

「おれは別《べつ》に変《か》わり者《もの》じゃない。どこにでもいるふつうの小学生《しょうがくせい》だ」

「じゃあ、最近読《さいきんよ》んで一番《いちばん》おもしろかった本《ほん》は？」

「都立図書館《とりつとしょかん》で読《よ》んでた、中国《ちゅうごく》の歴史書《れきししょ》の『史記《しき》』。全部《ぜんぶ》で百三十巻《かん》ある」

「春休《はるやす》みに出《で》かけたところは？」

「博物館《はくぶつかん》と美術館《びじゅつかん》と、科学館《かがくかん》を計《けい》三十か所《しょ》。ジュニア数学《すうがく》オリンピックの合宿《がっしゅく》。じいさんの病院《びょういん》も、何日《なんにち》か見学《けんがく》させてもらった」

すみれは、うーんと変《へん》な顔《かお》でうなりながら、両手《りょうて》の人差《ひとさ》し指《ゆび》と親指《おやゆび》で長方形《ちょうほうけい》を作《つく》る。写真《しゃしん》を撮《と》るみたいに、その枠《わく》の中《なか》に光一《こういち》をおさめた。

「……〈残念《ざんねん》イケメン〉ってカンジ」

「何《なに》か言《い》ったか？」

「べっつに。はー、その頭《あたま》、あたしにもちょっと分《わ》けてくれれば、テストだっていつも満点《まんてん》になれるのに」

「その様子《ようす》だと、どうせ春休《はるやす》みの宿題《しゅくだい》もやってないんだろ。先生《せんせい》が泣《な》くぞ」

「ほら、光一《こういち》が忙《いそが》しかったみたいに、あたしもあっちこっち行《い》っててさ」

「スキーかスノボの合宿《がっしゅく》に参加《さんか》してたとか？」

「えっ、なんでわかったの!?」

「そんなの、その顔《かお》を見《み》れば一目瞭然《いちもくりょうぜん》だ」

光一《こういち》は、すみれの鼻先《はなさき》をちらっと横目《よこめ》で見《み》た。

「春休《はるやす》みに入《はい》る修了式《しゅうりょうしき》の時《とき》よりも日焼《ひや》けしてるのに、目《め》のまわりだけ焼《や》けてない。そんな特殊《とくしゅ》な日焼《ひや》けをするスポーツなんて限《かぎ》られてる」

「さっすが光一《こういち》。じつは、スポーツクラブに行《い》ってる友達《ともだち》に誘《さそ》われて、カナダのスキー大会《たいかい》に出《で》てきたんだ！　だから、宿題忘《しゅくだいわす》れちゃったの、許《ゆる》してもらえないかな〜。それか、光一《こういち》がやったのを写《うつ》させてもらうとか」

「読書感想文《どくしょかんそうぶん》を？」

「それはやめとく……」

すみれは、はあっと憂鬱《ゆううつ》そうにため息《いき》をついた。

「あーあ、学校《がっこう》が今日《きょう》まで休《やす》みになったりしないかな。宇宙人《うちゅうじん》が攻《せ》めてきたり、学校《がっこう》のみんながゾンビになっちゃったり」

「宇宙人《うちゅうじん》もゾンビもマズいだろ」

そうだよねえと言《い》いながら、すみれがしょんぼりと肩《かた》を落《お》とす。

いつも元気《げんき》なすみれがへこんでると、なんだかこっちが落《お》ちつかない。

……しょうがないな。

「ちょっと早《はや》めに学校《がっこう》に着《つ》くんだし、図書館《としょかん》で短《みじか》い本《ほん》を借《か》りたらいいんじゃないか？　そうすれば、放課後《ほうかご》までに提出《ていしゅつ》できるかもしれないぞ」

「えーっ!?　せっかく早《はや》めに家《いえ》を出《で》たのに？」

「好都合《こうつごう》だろ」

「違《ちが》うんだって。あたしがいつもより早《はや》く家《いえ》を出《で》たのは、転校生《てんこうせい》が来《く》るって聞《き》いたからなの！」

「それに付《つ》き合《あ》わせようって、わざわざうちに迎《むか》えに来《き》たのか？」

すみれは朝早《あさはや》くに起《お》きるけれど、学校《がっこう》には柔道《じゅうどう》の練習《れんしゅう》をしてから来《く》る。だから、登校中《とうこうちゅう》の光一《こういち》を、いつも後《あと》から走《はし》って追《お》いかけてくるのだ。

「だって、転校生《てんこうせい》だよ!?　しかも、その女《おんな》の子《こ》がすごいの。なんと、〈世界一《せかいいち》の美少女小学生《びしょうじょしょうがくせい》〉なんだって！」

すみれがぶんぶん腕《うで》を振《ふ》ると、バッグの中《なか》で本《ほん》がぎしぎしと苦《くる》しそうな音《おと》を立《た》てた。

「なんでも、小学生美少女《しょうがくせいびしょうじょ》コンテストの世界大会《せかいたいかい》で優勝《ゆうしょう》した子《こ》らしいよ。近所《きんじょ》のおばちゃんが、引《ひ》っ越《こ》しの時《とき》に見《み》かけたらしいんだけど、メチャクチャかわいかったって」

「すみれといい健太《けんた》といい、うちの学校《がっこう》、変《へん》なやつが集《あつ》まりすぎじゃないか？」

「光一《こういち》にだけは言《い》われたくないけど」

「そんなこと言《い》ってると、宿題用《しゅくだいよう》の本《ほん》を選《えら》ぶの手伝《てつだ》ってやらないぞ」

「何《なに》よ。光一《こういち》のケチ！」

すみれは、光一《こういち》に向《む》かってべーっと舌《した》を出《だ》すと、学校《がっこう》へ一目散《いちもくさん》に走《はし》りだす。

軽《かろ》やかな動《うご》きで、学校前《がっこうまえ》のマンションの角《かど》をひょいと曲《ま》がった。バッグの中《なか》で、また本《ほん》がばさばさと音《おと》を立《た》てる。

「すみれってて！　そんなにしたら本《ほん》が曲《ま》がるだろ」

光一《こういち》は、後《あと》を追《お》うように駆《か》けだす。

息《いき》を切《き》らしながら角《かど》を曲《ま》がると、視界《しかい》いっぱいに、すみれの後頭部《こうとうぶ》が見《み》えた。

あわててブレーキをかけるが、少《すこ》し遅《おそ》い。

ぶつかった衝撃《しょうげき》で、すみれが背負《せお》っているリュックが、ぎしっと鳴《な》った。

「いてっ。なんでこんなとこで、立《た》ち止《ど》まってって」

……。

ぶつかられて文句《もんく》を言《い》ってくると思《おも》ったのに、すみれはらしくもなく、足《あし》を止《と》めたまま、ぼうぜんと前《まえ》を見《み》つめている。光一《こういち》も、その視線《しせん》をたどって学校《がっこう》に目《め》を向《む》けた。

道路《どうろ》を挟《はさ》んだ向《む》かい、横断歩道《おうだんほどう》の先《さき》にある正門《せいもん》に人《ひと》だかりができている。スペースに入《はい》りきらなかったのか、人《ひと》が車道《しゃどう》にまではみだしそうになっていた。

それだけじゃない。

学校《がっこう》の敷地《しきち》を囲《かこ》う金網《かなあみ》には、一定《いってい》の間隔《かんかく》ごとに、ものものしく警察官《けいさつかん》が立《た》ちならんでいる。

そして、正門《せいもん》にかかった黄色《きいろ》い封鎖用《ふうさよう》のテープには、見慣《みな》れない文字《もじ》がでかでかと印刷《いんさつ》されていた。


〈立入禁止《たちいりきんし》〉


本《ほん》や画像《がぞう》では見《み》たことがある。

でも、本物《ほんもの》は独特《どくとく》のキケンな香《かお》りを放《はな》っていた。

学校《がっこう》が、封鎖《ふうさ》されてる——。

「朝聞《あさき》いたサイレンは、夢《ゆめ》じゃなかったのか」

「……もしかして、ホントに学校《がっこう》、休《やす》みになっちゃった？」

二人《ふたり》はぼうぜんと学校《がっこう》を見上《みあ》げながら、ぽつりとつぶやいた。

★3 封鎖《ふうさ》された学校《がっこう》

「みなさん、下《さ》がってください！」

「ここは危険《きけん》です、離《はな》れて！」

危険《きけん》？　学校《がっこう》が？

警察官《けいさつかん》の厳《きび》しい声《こえ》が、ざわざわとしたけん騒《そう》の向《む》こうから聞《き》こえてくる。

「……すみれ。これ、ちょっと持《も》っててくれ」

光一《こういち》は、自分《じぶん》が持《も》っていたバッグをすみれの手《て》に押《お》しつけると、左右《さゆう》を確認《かくにん》してからさっと道路《どうろ》を渡《わた》った。

こんなの見《み》たことない。

興奮《こうふん》で、胸《むね》がどきどきと鳴《な》った。

正門《せいもん》の前《まえ》の人《ひと》だかりに駆《か》けよって、中《なか》をのぞこうとする。けれど、やじ馬《うま》やマスコミたち大人《おとな》がつめかけていて、奥《おく》の様子《ようす》はまったく見《み》えない。

だれかに聞《き》くのが早《はや》いか。

光一《こういち》は、人《ひと》ごみに目《め》を走《はし》らせる。電柱《でんちゅう》の前《まえ》で井戸端会議《いどばたかいぎ》に花《はな》を咲《さ》かせているおばさんたちに、そっと近《ちか》よった。

「すみません。一体《いったい》、何《なに》があったんですか？」

「あらっ、三ツ谷小《みつやしょう》の子《こ》？　テレビ、見《み》てなかったの？」

一番近《いちばんちか》くにいたスーツ姿《すがた》のおばさんが、顔《かお》をのぞきこんできた。

テレビで中継《ちゅうけい》するような事件《じけん》ってことか!?

たしかに、道路《どうろ》の反対側《はんたいがわ》には中継車《ちゅうけいしゃ》が三台停《だいと》まっている。上空《じょうくう》には報道用《ほうどうよう》のヘリも飛《と》んでいた。

こくりとうなずく光一《こういち》に、奥《おく》にいたきつい目《め》のおばさんが顔《かお》をしかめる。

「早《はや》くおうちに帰《かえ》りなさい。子《こ》どもが、こんなところにいちゃ危《あぶ》ないわよ」

……子《こ》どもだからって、ばかにできるのかよ。

エプロンにつっかけ。おばさんだって、急《いそ》いで出《で》てきた、ただのやじ馬《うま》のくせに。

光一《こういち》は、むっとした顔《かお》で後《うし》ろに下《さ》がる。話《はなし》を聞《き》かせてくれそうなターゲットを探《さが》していると、荷物《にもつ》を大量《たいりょう》に抱《かか》えたすみれが、足音荒《あしおとあら》く駆《か》けよってきた。

「もう、人《ひと》に荷物《にもつ》を押《お》しつけていかないでよ。で、一体《いったい》どうなってるの？」

「まだわからない。けど、かなりの大事件《だいじけん》みたいだ。危《あぶ》ないから子《こ》どもは帰《かえ》れってさ」

「大人《おとな》は危《あぶ》なくないの？」

さすが幼《おさな》なじみ。話《はなし》がわかる。

「でも、うちの学校《がっこう》で事件《じけん》？　全然《ぜんぜん》そんな心当《こころあ》たりなんてないけど……あっ!!」

「声《こえ》がでかい。で、どうかしたのか？」

「事件《じけん》で学校《がっこう》が封鎖《ふうさ》されてるってことは、今日《きょう》はホントに休《やす》みってことじゃん！」

「それはまあ、って、そこが問題《もんだい》か!?」

「だって、家《いえ》に帰《かえ》って宿題《しゅくだい》できるじゃない」

すみれは言《い》うが早《はや》いか、くるりとユーターンして学校《がっこう》に背《せ》を向《む》けた。

「これで、新学期早々《しんがっきそうそう》、先生《せんせい》に怒《おこ》られずにすむし。帰《かえ》ろう、光一《こういち》」

いつもより早《はや》く登校《とうこう》させた、張本人《ちょうほんにん》のくせに。

横断歩道《おうだんほどう》へ向《む》かうすみれを、光一《こういち》は急《いそ》いで追《お》いかける。

「待《ま》てよ。おれはもう少《すこ》し、事件《じけん》の詳細《しょうさい》を――」

「むーっ！　むぐぐう！　むぐぐっ！」

「ん？」

なんだ、今《いま》の。こう、何《なに》かがつぶされるような……。

光一《こういち》は足《あし》を止《と》めて、人《ひと》ごみに視線《しせん》を戻《もど》した。

けれど、特《とく》におかしなところはない。

せいぜい、さらにやじ馬《うま》が増《ふ》えて、人《ひと》ごみが大《おお》きくなっているくらいだ。

「今《いま》、何《なに》か聞《き》こえなかったか？」

「気《き》のせいじゃない？」

「いや、でも」

「むぐ、むごぐぐっ！」

……やっぱり気《き》のせいじゃない。

光一《こういち》は、押《お》しあい圧《へ》しあいする人《ひと》たちに、じっと目《め》を凝《こ》らす。

ふくよかなおばさんたちの間《あいだ》から、ひょっこりと子《こ》どもの腕《うで》が飛《と》びだしていた。それは、何《なに》かを探《さが》すように空中《くうちゅう》でばたばたともがいている。

「むぐ、ごういぢ！　ずびれ！　だず、だずげて……」

「あれ、もしかして健太《けんた》じゃないか？」

光一《こういち》がそう言《い》うと、まるでうなずくかのように、人《ひと》ごみから突《つ》きでた手《て》がパタパタと手招《てまね》きした。光一《こういち》とすみれは、思《おも》わず顔《かお》を見《み》あわせる。

「はー、しょうがないなあ」

すみれは人《ひと》ごみに近《ちか》よると、その腕《うで》を両手《りょうて》で、ぐいとつかむ。さっと腰《こし》を落《お》として、投《な》げとばすように人《ひと》ごみから腕《うで》を引《ひ》きぬいた。

「せえの、巴投《ともえな》げアレンジっ！」

「いだ、いだだだ！」

すみれに引《ひ》っぱられた健太《けんた》は、嘘《うそ》のようにすぽんと人《ひと》ごみから飛《と》びでる。空中《くうちゅう》で一回転《かいてん》して、歩道《ほどう》のど真《ま》ん中《なか》に、ドシンとしりもちをついた。

「健太《けんた》、だいじょうぶか？」

光一《こういち》が手《て》を引《ひ》っぱって立《た》たせると、健太《けんた》はぐちゃぐちゃになった髪《かみ》をかきながら、あははと気《き》の抜《ぬ》けた笑《わら》い声《ごえ》を出《だ》した。

八木健太《やぎけんた》は、光一《こういち》とすみれのクラスメイト。小二《しょう》で引《ひ》っ越《こ》してきてから、三人《にん》でよく遊《あそ》んでいる。

何《なに》もないところで一日《にち》十回《かい》はつまずくという、一級品《いっきゅうひん》のにぶさだ。けれど、健太《けんた》には二人《ふたり》にはない特技《とくぎ》がある。それはみんなを笑《わら》わせることだ。

本物《ほんもの》にしか聞《き》こえないものまねに始《はじ》まり、コント、一人漫才《ひとりまんざい》、落語《らくご》、手品《てじな》など、みんなを楽《たの》しませることならなんでも大好《だいす》きなのだ。

その趣味《しゅみ》が高《こう》じて、人《ひと》を楽《たの》しませるエンターテイナーとして、芸人《げいにん》やマジシャンなど、いろいろな大会《たいかい》に出場《しゅつじょう》している、〈世界一《せかいいち》のエンターテイナー小学生《しょうがくせい》〉だ。

けれど、日頃《ひごろ》はかなりどんくさいので、本当《ほんとう》は〈世界一《せかいいち》のドジ小学生《しょうがくせい》〉なのではないかと周囲《しゅうい》ではささやかれている。

けれど、それはそれで、本人的《ほんにんてき》にはオイシイと思《おも》っているらしい。

「はあ、助《たす》かった。やじ馬《うま》の人《ひと》とか、マスコミの人《ひと》につぶされて、ぺらっぺらな体《からだ》になるところだったよ」

「ぺらっぺらねえ……」

「ああっ、ほら、腕《うで》がぺちゃんこになってるし！」

健太《けんた》はひーっと顔《かお》を引《ひ》きつらせながら、T《ティー》シャツの左袖《ひだりそで》をぱたぱたと振《ふ》った。

だらりと垂《た》れさがった袖《そで》から、ぺしゃんとつぶれた手《て》がのぞいている。袖《そで》の動《うご》きに合《あ》わせるように、手《て》はひらひらと揺《ゆ》れた。

げっ。

「ウソ!?」

すみれが、ぎょっと目《め》を丸《まる》くする。光一《こういち》は動揺《どうよう》を隠《かく》して、袖《そで》から出《で》た手《て》を、ずっと引《ひ》きぬいた。

「って、これ、手《て》の形《かたち》をしたグミじゃないか」

「やっぱり、光一《こういち》にはバレちゃうなあ」

健太《けんた》は、あははっと笑《わら》いながら、後《うし》ろに隠《かく》していた左腕《ひだりうで》を、ずぼっと袖《そで》に通《とお》しなおした。

……動《うご》かすのがうますぎて、一瞬本当《いっしゅんほんとう》かと思《おも》ったぞ。

「あんなところで、何《なに》やってたんだ？　もしかして、健太《けんた》もやじ馬《うま》してたのか」

「って、そうだった！　こんなことやってる場合《ばあい》じゃなくて！　二人《ふたり》とも事件《じけん》のこと、知《し》らないの!?」

「あたしたち、早《はや》くに家《いえ》を出《で》たからテレビを見《み》てなくて。そんな大事件《だいじけん》なの？」

すみれの質問《しつもん》に、健太《けんた》がめずらしく暗《くら》い顔《かお》になる。ちらっと、光一《こういち》の方《ほう》を見上《みあ》げた。

なんだ？

「もう、早《はや》く教《おし》えてよ。健太《けんた》」

「わわわ、わかったよ……」

すみれにせっつかれて、健太《けんた》は真面目《まじめ》な顔《かお》で口《くち》を開《ひら》いた。

「じつは、学校《がっこう》で立《た》てこもり事件《じけん》が起《お》きてるんだ」

「立《た》てこもり事件《じけん》!?」

光一《こういち》とすみれは、口《くち》をそろえて声《こえ》を上《あ》げる。

立《た》てこもり事件《じけん》なら、テレビ中継《ちゅうけい》があるのも納得《なっとく》だ。

「犯人《はんにん》たちは、昨日《きのう》の夜《よる》に学校《がっこう》に侵入《しんにゅう》したんだ。仕事《しごと》が終《お》わって帰《かえ》るところだった先生《せんせい》が気《き》づいて、警察《けいさつ》に通報《つうほう》して、それからずっと封鎖《ふうさ》されてるんだよ」

「それなら、さっさと中《なか》に入《はい》って、その犯人《はんにん》たちを倒《たお》しちゃったらいいんじゃない?」

「それが、そうもいかないんだ。中《なか》にいるのは、脱獄犯《だつごくはん》なんだよ。ほら、ここのところテレビでたくさんやってたじゃない? 拳銃《けんじゅう》を持《も》って逃走《とうそう》したっていう……」

「三日前《みっかまえ》に、四人組《にんぐみ》で都内《とない》の刑務所《けいむしょ》から脱獄《だつごく》した、あの凶悪犯《きょうあくはん》たちのことか」

光一《こういち》は、最近《さいきん》見《み》た新聞《しんぶん》の記事《きじ》を、記憶《きおく》から引《ひ》っぱりだす。

事件発生直後《じけんはっせいちょくご》から、朝《あさ》も昼《ひる》も夜《よる》もマスコミはその話題《わだい》でもちきりだった。

近年《きんねん》まれに見《み》る、大脱獄事件《だいだつごくじけん》。

それぞれ異名《いみょう》を持《も》つような大物《おおもの》の凶悪犯《きょうあくはん》が四人《にん》、連《つ》れだって刑務所《けいむしょ》を脱獄《だつごく》したのだ。しかも、彼《かれ》らは脱獄《だつごく》するときに、刑務官《けいむかん》から拳銃《けんじゅう》を奪《うば》って一発《ぱつ》を発砲《はっぽう》し、逃走《とうそう》していた。

しかし、二日《ふつか》たっても一向《いっこう》に彼《かれ》らの足《あし》どりはつかめず、マスコミもだんだんと、その話題《わだい》に触《ふ》れなくなっていたけれど——。

学校《がっこう》に立《た》てこもった脱獄犯《だつごくはん》。

警察《けいさつ》に通報《つうほう》した先生《せんせい》。

そして、さっきの健太《けんた》の態度《たいど》——まさか。

さっと浮《う》かんだ推理《すいり》を、光一《こういち》は抑《おさ》えた声《こえ》で言《い》った。

「——もしかして、司書《ししょ》の橋本先生《はしもとせんせい》が人質《ひとじち》にとられてるのか？」

「えええ、なんでわかったの!?」

「いくら拳銃《けんじゅう》を持《も》っていても一丁《いっちょう》だけなら、すみれが言《い》うとおり、もう機動隊《きどうたい》が突入《とつにゅう》して制圧《せいあつ》してておかしくない。でも、学校《がっこう》は閉鎖《へいさ》されたままだ。だから、人質《ひとじち》がとられてるってとこまでは予想《よそう》がつく」

「でも、それだけじゃ人質《ひとじち》がだれかは……」

「春休《はるやす》みが明《あ》ける前《まえ》に、学校《がっこう》に子《こ》どもは来《こ》ない。警察《けいさつ》に通報《つうほう》したのが先生《せんせい》だっていうのも加味《かみ》すると、人質《ひとじち》も先生《せんせい》である可能性《かのうせい》が高《たか》まる。そして、健太《けんた》がおれに言《い》いにくそうにしてたから、おれに関連《かんれん》の深《ふか》い橋本先生《はしもとせんせい》かと予想《よそう》したんだ。新学期《しんがっき》に合《あ》わせて、新刊貸《しんかんか》し出《だ》しの準備《じゅんび》をするって言《い》ってたこととも、条件《じょうけん》が合《あ》うから」

「健太《けんた》、ホントなの？」

さすがのすみれも、さっと顔《かお》を青《あお》くする。

「その……残念《ざんねん》だけど、光一《こういち》の言《い》うとおりなんだ」

健太《けんた》は一歩後《ぽうし》ろに下《さ》がりながら、力《ちから》なくうなずいた。

光一《こういち》の頭《あたま》に、春休《はるやす》みに入《はい》る前《まえ》、図書館《としょかん》で会《あ》ったときの先生《せんせい》の笑顔《えがお》が浮《う》かぶ。

新学期《しんがっき》になったら、新《あたら》しい本《ほん》をたくさん準備《じゅんび》しておくから。

楽《たの》しみにしててね、と。

もしかして、おれのせいで⁉

黙《だま》りこくった光一《こういち》に、健太《けんた》が励《はげ》ますようにまくしたてた。

「あっ、でもさ！　こういう事件《じけん》って警察《けいさつ》の人《ひと》がなんとか解決《かいけつ》して、人質《ひとじち》を無事《ぶじ》に助《たす》けてくれるんじゃないかなあ。その、さっき言《い》ってた機動隊《きどうたい》とか、警察《けいさつ》の人《ひと》が交渉《こうしょう》したりして」

「いや、その可能性《かのうせい》は低《ひく》い」

頭《あたま》の中《なか》で、情報《じょうほう》を整理《せいり》する。

自分《じぶん》を落《お》ちつかせるように、ふうと息《いき》を吐《は》いて、光一《こういち》は二人《ふたり》に向《む》きなおった。

「橋本先生《はしもとせんせい》が無事《ぶじ》に助《たす》かる可能性《かのうせい》が低《ひく》い理由《りゆう》は、三つある。一つ目《め》は、立《た》てこもり事件《じけん》であること。たしかに警察《けいさつ》の統計《とうけい》によると、立《た》てこもり事件《じけん》などの逮捕監禁罪《たいほかんきんざい》の犯人検挙率《はんにんけんきょりつ》は、他《ほか》の犯罪《はんざい》に比《くら》べると高《たか》い」

「じゃあ、やっぱり――」

「けど、人質《ひとじち》が無事《ぶじ》である可能性《かのうせい》は低《ひく》い。過去《かこ》の事例《じれい》からすると、生存率《せいぞんりつ》は良《よ》くて30%《パーセント》。無傷《むきず》となると、確率《かくりつ》はもっと下《さ》がる。犯人《はんにん》たちは、人質《ひとじち》を盾《たて》にすることだってあるからな」

「なにそれ!?」

すみれが、きっと目《め》をつり上《あ》げる。

「二つ目《め》は、立《た》てこもり犯《はん》が拳銃《けんじゅう》を持《も》っていること。突入《とつにゅう》するとすれば、銃撃戦《じゅうげきせん》は免《まぬが》れない」

健太《けんた》が、ごくりとつばを飲《の》みこむ。

「三つ目《め》は、立《た》てこもり犯《はん》が凶悪《きょうあく》な脱獄犯《だつごくはん》であること。現在《げんざい》、日本《にほん》では司法取引《しほうとりひき》もできないから、人質解放《ひとじちかいほう》で刑《けい》を軽《かる》くすることもない。つまり、犯人側《はんにんがわ》には、警察《けいさつ》の取引《とりひき》に応《おう》じる材料《ざいりょう》が何《なに》もないんだ。しかも、脱獄《だつごく》するようなやつらってことは、同情《どうじょう》を引《ひ》いてなんとかできる相手《あいて》でもない」

説明《せつめい》している光一《こういち》も、だんだんと気《き》が重《おも》くなる。

気《き》がつくと、すみれは光一《こういち》からわずかに目《め》をそらして、くちびるをかんでいた。

「人《ひと》を殺傷《さっしょう》できる武器《ぶき》を持《も》った、複数《ふくすう》の極悪犯《ごくあくはん》に人質《ひとじち》をとられる。最悪《さいあく》のパターンだ。この条件《じょうけん》から導《みちび》きだされる、先生《せんせい》が無傷《むきず》で助《たす》かる可能性《かのうせい》は――１%《パーセント》ってところだろう」

あんまり口《くち》にしたくないけれど、これが現実《げんじつ》だ。

「健太《けんた》。脱獄犯《だつごくはん》たちは、なんて言《い》ってるんだ？」

「ええっと、人質《ひとじち》を助《たす》けたかったら、ヘリコプターを用意《ようい》しろって要求《ようきゅう》してるみたい。ほら、うちの学校《がっこう》ってちょっと前《まえ》に、大改修《だいかいしゅう》してきれいにしたでしょ？　だから、屋上《おくじょう》にヘリもなんとか停《と》められるからって」

「ヘリを用意《ようい》した後《あと》は？　先生《せんせい》はどうなるの？」

「安全《あんぜん》なところまで無事《ぶじ》に逃《に》げられたと判断《はんだん》したら、そこで人質《ひとじち》を解放《かいほう》するって」

「そんなの、ダメに決《き》まってるじゃん！」

すみれは、健太《けんた》の肩《かた》をつかんで激《はげ》しく揺《ゆ》さぶった。

「相手《あいて》は脱獄犯《だつごくはん》なんだよ!?　そんな約束《やくそく》したって、守《まも》るかどうかもわからないじゃない！」

「そそそ、そんなこと、ぼくに言《い》われても～」

健太《けんた》の目《め》が、うずまきのようにぐるぐると回《まわ》る。

「助《たす》けてよ～、光一《こういち》！　このまんまじゃ、ぼく……」

あごに手《て》を当《あ》てて一人黙《ひとりだま》りこくる光一《こういち》に、健太《けんた》が揺《ゆ》さぶられながら手《て》を伸《の》ばした。

助《たす》けて、か。

健太《けんた》の言葉《ことば》が、光一《こういち》の頭《あたま》の中《なか》で反響《はんきょう》した。

そうか。

「……案外《あんがい》、悪《わる》くないかもしれない」

「え？」

すみれがぴたりと手《て》を止《と》めると、健太《けんた》はへろへろとその場《ば》に座《すわ》りこむ。

光一《こういち》は、すみれと健太《けんた》の顔《かお》を見《み》くらべて、静《しず》かにうなずいた。

「先生《せんせい》を助《たす》けないか？　おれたちで」

「ええええ!?」

すみれも健太《けんた》も、驚《おどろ》きで目《め》を丸《まる》くする。

光一《こういち》は、二人《ふたり》に合図《あいず》して人《ひと》ごみから少《すこ》し距離《きょり》をとると、小声《こごえ》でささやいた。

「脱獄犯《だつごくはん》たちも、まさか子《こ》どもがやってくるとは思《おも》わないだろ。警察《けいさつ》だけ警戒《けいかい》していればいいと思《おも》っている油断《ゆだん》を突《つ》いて、おれたちで助《たす》けだすんだ」

「でで、でも！　だからってぼくたちで!?」

「世界一《せかいいち》のスキルを持《も》ってる、おれたちだからだ」

「……ぼ、ぼくは、やっぱり警察《けいさつ》に任《まか》せたほうがいいんじゃないかなあって思《おも》うけど。犯人《はんにん》は、拳銃《けんじゅう》だって持《も》ってるんだし……」

健太《けんた》が、もごもごと口《くち》ごもる。

「だいじょうぶだってば、健太《けんた》。拳銃《けんじゅう》で撃《う》たれたら、当《あ》たる前《まえ》によければいいじゃない」

「すみれ、さすがにそれは無理《むり》じゃないか？」

「そうかなあ？」

すみれはちょっと考《かんが》えこんだものの、すぐ気持《きも》ちのいい笑顔《えがお》になった。

「ま、あたしは賛成《さんせい》」

「え〜！　すみれ、正気《しょうき》!?」

「橋本先生《はしもとせんせい》には、あたしだっていっつもお世話《せわ》になってるもん。その先生《せんせい》が危《あぶ》ないのに、黙《だま》って見《み》てられないし。それに、そんな悪《わる》いやつらは、一発《いっぱつ》くらい投《な》げとばしてやらないとね！」

すみれが、力強《ちからづよ》くこぶしをにぎる。健太《けんた》はもう半泣《はんな》きだ。

「そりゃあ、すみれはいいかもしれないけど〜」

「じゃあ健太《けんた》は、橋本先生《はしもとせんせい》がどうなってもいいわけ？」

「そそそ、そんなわけないだろ！　ぼくだって、橋本先生《はしもとせんせい》のことは心配《しんぱい》だよ。いつも、いろいろと相談《そうだん》にのってもらってるし！」

えっ、そんなの聞《き》いてないぞ。

「いろいろって、何《なん》なんだよ。健太《けんた》」

「それはっ、ぼくの深刻《しんこく》な悩《なや》みだよ！　モテないとか、ときどき寒《さむ》いギャグとばしちゃうとか」

「なに、その相談内容《そうだんないよう》……」

あきれ顔《がお》のすみれが肩《かた》をすくめる。

なんだ、そんなことか。ちょっと焦《あせ》って損《そん》した。

「とにかく、決《き》まりだな」

「だいじょうぶだって！〈世界一《せかいいち》の天才少年《てんさいしょうねん》〉の光一《こういち》が、計画立《けいかくた》ててくれるんだし。それに、最終的《さいしゅうてき》には、光一《こういち》がなんとかしてくれるって」

って、全部《ぜんぶ》おれに押《お》しつけるのかよ。

光一《こういち》は背後《はいご》の校舎《こうしゃ》をちらりと振《ふ》りかえる。

パトカーのランプで、白《しろ》い校舎《こうしゃ》がちかちかと赤《あか》く染《そ》まっていた。

橋本先生《はしもとせんせい》、不安《ふあん》だろうな。

光一《こういち》は、ぎゅっとにぎりしめていた拳《こぶし》をゆるめて、手《て》を伸《の》ばす。

すみれは、何《なに》も言《い》わずにその上《うえ》に手《て》をのせる。もう片方《かたほう》の手《て》で、硬直《こうちょく》した健太《けんた》の手《て》をつかんで、ばちんと一番上《いちばんうえ》に重《かさ》ねた。

「橋本先生《はしもとせんせい》を……助《たす》けだすぞ！」

「了解《りょうかい》！」

「だいじょうぶかなあ」

「ぐずぐず言《い》ってたら、あたしがしょうちしないからっ！」

「え〜〜〜!?」

「準備《じゅんび》することはたくさんある。まずは、情報収集《じょうほうしゅうしゅう》だ」

光一《こういち》は何《なに》かに挑《いど》むように、重装備《じゅうそうび》の警察官《けいさつかん》をじっと見《み》つめるのだった。

4 敵《てき》の敵《てき》は、ライバル!?

正門《せいもん》の前《まえ》は、防弾《ぼうだん》チョッキにシールドで武装《ぶそう》した警察官《けいさつかん》四、五人《にん》が、厳重《げんじゅう》に固《かた》めていた。パトカーも数台横《すうだいよこ》づけされていて、ものものしい雰囲気《ふんいき》だ。

「さて、と」

正門《せいもん》から少《すこ》し離《はな》れると、光一《こういち》は金網越《かなあみご》しに学校《がっこう》の敷地《しきち》をのぞきこんだ。人《ひと》が少《すく》ないここからの方《ほう》が、学校《がっこう》の中《なか》がよく見《み》える。

警察《けいさつ》のものなのか、校庭《こうてい》には見慣《みな》れない黒《くろ》いテントがいくつか並《なら》んでいる。人《ひと》の行《ゆ》きかう校庭《こうてい》に比《くら》べて、校舎《こうしゃ》はしんと静《しず》まりかえっている。廊下《ろうか》も教室《きょうしつ》も、すべての窓《まど》のカーテンが閉《し》められ、昼間《ひるま》なのに電気《でんき》が点《つ》いていた。

正門《せいもん》から入《はい》ってすぐのところに、灰色《はいいろ》のミニバンが停《と》まっている。その奥《おく》にある職員用玄関《しょくいんようげんかん》のドアに、光一《こういち》の目《め》がとまった。

丸《まる》い小《ちい》さな穴《あな》から、くもの巣状《すじょう》に入《はい》った大《おお》きなヒビ。

あれは、銃痕《じゅうこん》？

まさか橋本先生《はしもとせんせい》が撃《う》たれたのか!?

いや、落《お》ちつけ。ヒビは低い位置《いち》にあるから、威嚇射撃《いかくしゃげき》のはず――。

「そこのきみ！　離《はな》れなさい！」

数《すう》メートル先《さき》に立《た》っていた警察官《けいさつかん》が、鋭《するど》い声《こえ》で近《ちか》づいてくる。

調査《ちょうさ》を始《はじ》めたばかりで、変《へん》に注目《ちゅうもく》されたらたまらない。

周囲《しゅうい》の人《ひと》たちからも視線《しせん》が集《あつ》まるのを感《かん》じて、光一《こういち》はすぐに正門前《せいもんまえ》の人《ひと》ごみへ紛《まぎ》れこんだ。

「どうだった？」

調査《ちょうさ》を待《ま》っていた健太《けんた》に、光一《こういち》は首《くび》を振《ふ》る。

「正門《せいもん》には、警察官《けいさつかん》がぎっしりだな。昇降口《しょうこうぐち》も鍵《かぎ》がかかってる。しかも、校庭《こうてい》に警察《けいさつ》がテントを張《は》って、校舎《こうしゃ》をずっと見《み》はってるみたいだ」

「正面《しょうめん》から学校《がっこう》に入《はい》るのは、無理《むり》そうだね。テレビ局《きょく》とか、マスコミの人《ひと》もたくさんいるし」

光一《こういち》は、周囲《しゅうい》に目《め》を走《はし》らせる。

ざっと数《かぞ》えて三、四十人《にん》。登校《とうこう》した直後《ちょくご》よりも、人《ひと》の数《かず》はますます増《ふ》えていた。

この人数《にんずう》の目《め》をかいくぐるだけでも、至難《しなん》の業《わざ》だな。

「どこか、別《べつ》の侵入経路《しんにゅうけいろ》を考《かんが》えないとな。目立《めだ》つ行動《こうどう》はひかえて……そういえば、すみれは？」

「え？　ああ、光一《こういち》を待《ま》ってたんだけど、途中《とちゅう》で『じゃああたしは裏口《うらぐち》を見《み》てくるね！』って」

そう言《い》いながら、健太《けんた》が裏口《うらぐち》へと続《つづ》く歩道《ほどう》を指《ゆび》さす。

げっ、それは絶対《ぜったい》にマズい。

光一《こういち》は顔《かお》を引《ひ》きつらせると、バッグを健太《けんた》に渡《わた》して、全速力《ぜんそくりょく》で走《はし》りだした。

「健太《けんた》、おれは先《さき》に裏口《うらぐち》に行《い》く。後《うし》ろから、追《お》いかけてきてくれ」

「えええ!?　どうしたのさ、そんなに慌《あわ》てちゃって。すみれなら、危《あぶ》ない目《め》には……光一《こういち》ってば～！」

健太《けんた》の叫《さけ》びを背後《はいご》に聞《き》きながら、光一《こういち》は走《はし》る速度《そくど》を上《あ》げた。

おれだって、すみれが危《あぶ》ない目《め》にあうのは、あんまり心配《しんぱい》してない。

どちらかというと、すみれの場合《ばあい》、危険《きけん》になるのは本人《ほんにん》じゃなくて――！

「わあっ！」

「なんだ、この子《こ》は!?」

向《む》かう先《さき》から聞《き》こえた悲鳴《ひめい》に、光一《こういち》は顔《かお》をしかめた。

ああもう！

裏口《うらぐち》に向《む》かって全力疾走《ぜんりょくしっそう》する。学校《がっこう》の敷地《しきち》を取《と》りかこむ柵《さく》に沿《そ》って、歩道《ほどう》の角《かど》を曲《ま》がった。

校舎《こうしゃ》の裏側《うらがわ》に出《で》る。

どしんっ！

すぐ目《め》の前《まえ》で、大柄《おおがら》な男性《だんせい》の警察官《けいさつかん》が、ばったりと倒《たお》れた。

その奥《おく》から響《ひび》く、案外《あんがい》かわいい高《たか》めの声《こえ》。

光一《こういち》が見《み》ている間《あいだ》にも、ぽんぽんと人《ひと》が投《な》げとばされていく。

「ちょっと、向《む》かってこないでって。向《む》かってこられると、つい、投《な》げちゃう、ん、だって、ば！」

「やっぱりな……」

すみれの、柔道《じゅうどう》ばか。

光一《こういち》は心《こころ》の中《なか》で文句《もんく》をつけると、騒動《そうどう》の中心《ちゅうしん》に駆《か》けよった。

「すみれ、やめろ！　ストップ!!」

「光一《こういち》!?　ストップって……」

「よし、今《いま》だ！　かかれ！」

動《うご》きが鈍《にぶ》ったすみれに、警察官《けいさつかん》が一気《いっき》に五人《にん》で飛《と》びかかる。さすがのすみれも、手足全部《てあしぜんぶ》を取《と》りおさえられて、ばったりと地面《じめん》に押《お》しつけられた。

その奥《おく》には、さっき倒《たお》されたのか五人《にん》の警察官《けいさつかん》が伸《の》びている。

「ちょっとつ、光一《こういち》！　なんで警察《けいさつ》の味方《みかた》をするわけ!?　あたしは何《なに》もしてないのに、最初《さいしょ》に寄《よ》ってたかって飛《と》びかかってきたのはあっちの方《ほう》で」

「何《なに》もって、きみ。今《いま》、裏口《うらぐち》の門《もん》を乗《の》りこえようとしてただろう!?」

すみれを取《と》りおさえていた警察官《けいさつかん》の一人《ひとり》、若《わか》い刑事《けいじ》が声《こえ》を荒《あら》げた。背《せ》が高《たか》くて体《からだ》も強《つよ》そうなのに、顔《かお》はどこか優《やさ》しげな雰囲気《ふんいき》がある。

「刑事《けいじ》さんだって、子《こ》どものときはそれくらいやってたでしょ？」

「それは、まあね。たしかに僕《ぼく》も、深夜《しんや》にだれもいない学校《がっこう》のプールに忍《しの》びこんで、友達《ともだち》と泳《およ》いだ覚《おぼ》えがあるよ？　でもね——」

一瞬《いっしゅん》、懐《なつ》かしそうな顔《かお》になりかけた刑事《けいじ》は、血相《けっそう》を変《か》える。

「ここは、本当《ほんとう》に危険《きけん》なんだ！　中《なか》の様子《ようす》がどうなっているかもまだ——」

「おい、今井《いまい》！」

騒《さわ》がしかった周囲《しゅうい》に、お腹《なか》に響《ひび》くような低《ひく》い声《こえ》が響《ひび》きわたった。光一《こういち》だけでなく、あのすみれも思《おも》わず肩《かた》を小《ちい》さくする。

歩道《ほどう》を歩《ある》いてくる、男《おとこ》の姿《すがた》が見《み》えた。

年《とし》は四十代半《だいなか》ば、光一《こういち》の父親《ちちおや》と同《おな》じくらいだろうか。けれど、その迫力《はくりょく》は圧倒的《あっとうてき》だ。今井《いまい》と呼《よ》ばれた若《わか》い刑事《けいじ》より、体《からだ》は一回《ひとまわ》り小《ちい》さいが、プレッシャーのようなものがある。

「何《なに》をやってるんだ」

「風早警部《かぜはやけいぶ》！」

今井刑事《いまいけいじ》は急《いそ》いですみれから離《はな》れると、慌《あわ》てた様子《ようす》で風早警部《かぜはやけいぶ》に駆《か》けよった。

「その、今《いま》さっきですね。そこの女《おんな》の子《こ》が、裏《うら》口《ぐち》の門《もん》を乗《の》りこえようとしたので、取《と》りおさえたところで」

「警察官《けいさつかん》五人《にん》がかりでか？」

「えっと、その……なにぶん、手《て》が付《つ》けられなくてですね」

「ぷぷっ」

いつの間《ま》にか、後《うし》ろから追《お》いついていた健太《けんた》が、笑《わら》いを我慢《がまん》して肩《かた》を震《ふる》わせていた。

風早警部《かざはやけいぶ》が手《て》で追《お》いはらうように合図《あいず》すると、すみれを取《と》りおさえていた警察官《けいさつかん》が離《はな》れていく。

警部《けいぶ》は、服《ふく》についた土《つち》を叩《たた》きおとしているすみれに、静《しず》かに歩《あゆ》みよった。

「今《いま》、学校《がっこう》の中《なか》でどんな大変《たいへん》な事件《じけん》が起《お》きているか、知《し》らないのか。近《ちか》づいただけで、無差別《むさべつ》に銃《じゅう》で狙《ねら》われてしまう可能性《かのうせい》もある。こんなことは、二度《にど》としないように」

「じゃあ、警察《けいさつ》の人《ひと》は橋本先生《はしもとせんせい》を無事《ぶじ》に助《たす》けてくれるんですか!?」

すみれは、不満《ふまん》そうに顔《かお》をふくらませながら、きっと風早警部《かざはやけいぶ》をにらみあげた。

「どういうことだね？」

「おじさんたちが、本当《ほんとう》に事件《じけん》を解決《かいけつ》できるか、わからないじゃないですか。だって、立《た》てこもり事件《じけん》は解決《かいけつ》が難《むずか》しいんですよね？」

すみれのやつ、余計《よけい》に怪《あや》しまれるようなこと言《い》うなって。

「きみの名前《なまえ》は？　この学校《がっこう》の児童《じどう》かね」

すみれは、ちらりと光一《こういち》の方《ほう》を振《ふ》りかえる。

……おれが入《はい》ったほうがマシか。

光一《こういち》は、風早警部《かざはやけいぶ》を警戒《けいかい》しながら、すみれの横《よこ》に静《しず》かに並《なら》んだ。

「すみません。立《た》てこもり事件《じけん》は人質《ひとじち》がけがをすることが多《おお》いと、おれが話《はな》したのでつい……」

「ふむ。たしかに、きみの言《い》うとおりだ。人質《ひとじち》をとった立《た》てこもり事件《じけん》は、対応《たいおう》が難《むずか》しい。少《すこ》しのミスでけが人《にん》が出《で》てしまう、デリケートな事件《じけん》だ」

「だったら――」

「だからこそ、警察《けいさつ》が一括《いっかつ》してきちんと対応《たいおう》することが大事《だいじ》なんだ!!」

風早警部《かぜはやけいぶ》の声《こえ》が、騒動《そうどう》であたりに集《あつ》まっていた人《ひと》たちにも響《ひび》きわたる。やじ馬《うま》の大人《おとな》たちが、気《き》まずそうに顔《かお》を見《み》あわせた。

「だれかが事態《じたい》をかきみだせば、人質《ひとじち》はもちろん、犯人《はんにん》にも警察《けいさつ》にも死傷者《ししょうしゃ》がでかねない。私《わたし》は警部《けいぶ》として、被害《ひがい》を最小限《さいしょうげん》に抑《おさ》えるよう行動《こうどう》する責任《せきにん》がある。こういう無鉄砲《むてっぽう》な行《おこな》いは、事態《じたい》を悪化《あっか》させ、人質《ひとじち》の身《み》も余計《よけい》に危《あぶ》なくするんだ。しかも、今回《こんかい》は……」

しかも？

「今回《こんかい》は、何《なん》なんですか？」

「いや……犯人《はんにん》たちが、凶悪《きょうあく》なやつらばかりだからな」

いぶかしむ光一《こういち》の前《まえ》で、風早警部《かぜはやけいぶ》は首《くび》をさっと横《よこ》に振《ふ》った。

「きみたちが、先生《せんせい》を心配《しんぱい》する気持《きも》ちはわかる。だが、ここは警察《けいさつ》に任《まか》せて大人《おとな》しく家《いえ》に帰《かえ》りなさい。それと」

突然《とつぜん》、肩《かた》に手《て》を置《お》かれて光一《こういち》はびくりとする。風早警部《かぜはやけいぶ》が、音《おと》もなく光一《こういち》のすぐ横《よこ》まで回《まわ》りこんでいた。

いっ、いつの間《ま》に来《き》たんだ⁉

風早警部《かぜはやけいぶ》の視線《しせん》はちっとも揺《ゆ》るがない。鋭《するど》い目《め》つきで、光一《こういち》をひと睨《にら》みした。

っていうか、顔《かお》が近《ちか》っ！

「まさかとは思《おも》うが――いや、次《つぎ》にやったら、すぐに保護者《ほごしゃ》の方《かた》に連絡《れんらく》して、引《ひ》き取《と》りに来《き》てもらう。覚悟《かくご》するように」

「……はい」

風早警部《かぜはやけいぶ》は、光一《こういち》の肩《かた》から手《て》を放《はな》すと、警備《けいび》を厳重《げんじゅう》にするよう指示《しじ》を出《だ》して、今井刑事《いまいけいじ》とともに今来《いまき》た道《みち》を戻《もど》っていく。

警部《けいぶ》というから、おそらく、校庭《こうてい》にあるテントから指示《しじ》を出《だ》すのが本当《ほんとう》の仕事《しごと》なんだろう。

すみれが起《お》こした騒動《そうどう》で、あたりに集《あつ》まっていた人《ひと》たちも、一人二人《ひとりふたり》と立《た》ちさっていく。

光一《こういち》はほっと息《いき》をついた。

「なんだか、えらく威圧感《いあつかん》のある警部《けいぶ》だったな」

「ホント。さすがのあたしも、ちょっとフンイキに押《お》されちゃった」

「ぼくたち、思《おも》いっきり怪《あや》しまれなかった？」

「怪《あや》しまれただけなら、いいんだけどな」

もしかして、学校《がっこう》に侵入《しんにゅう》しようと企《たくら》んでることまでバレたのか？

それとも、おれのただの深読《ふかよ》みか……。

とにかく学校《がっこう》に侵入《しんにゅう》するには、マスコミとかやじ馬《うま》だけじゃなくて、あの風早警部《かぜはやけいぶ》の目《め》もあざむかなきゃいけないってことか。

「ますます、学校《がっこう》に入《はい》るのが難《むずか》しくなったな」

「今井刑事《いまいけいじ》の方《ほう》は、まだちょろそうだったけどね」

「**すみれくん！　何《なに》を言《い》っているんだ。あんまり警察《けいさつ》を馬鹿《ばか》にするんじゃない！**」

この声《こえ》、風早警部《かぜはやけいぶ》!?

思《おも》わず光一《こういち》は、びくっと首《くび》をすくめた。すみれも、周囲《しゅうい》をきょろきょろと見《み》まわす。

けれど、どこにも警部《けいぶ》の姿《すがた》はない。

「えっへっへ、驚《おどろ》いた？」

動揺《どうよう》する二人《ふたり》の横《よこ》で、健太《けんた》がおかしそうに笑《わら》った。

「風早警部《かぜはやけいぶ》の声《こえ》って、こんな感《かん》じだったよね。どう？　似《に》てた似《に》てた？」

「似《に》てたとか、そういうレベルじゃないって……」

光一《こういち》は、正体《しょうたい》が健太《けんた》だとわかって、はあっと息《いき》を吐《は》いた。

世界一《せかいいち》なだけあって、健太《けんた》のものまねは、ときどき似《に》すぎていて冗談《じょうだん》にならないときがある。

まさに、今《いま》がそれだ。

「け〜ん〜た〜……」

健太《けんた》の背後《はいご》で、すみれの怒《いか》りの炎《ほのお》がめらめらと燃《も》えあがる。

こうなったら、もう止《と》められない。

「じょ、冗談《じょうだん》だってば！」

「問答無用《もんどうむよう》！」

すみれが、鬼《おに》のような剣幕《けんまく》で健太《けんた》に迫《せま》る。健太《けんた》はぎゃっと声《こえ》を上《あ》げながら、一目散《いちもくさん》に逃《に》げだした。

「だから、許《ゆる》してってば〜！」

ちょっと待《ま》て。そんなにやみくもに走《はし》ると……！

思《おも》った通《とお》りに、健太《けんた》が走《はし》りだした方《ほう》から、一人《ひとり》の女《おんな》の子《こ》がこっちに歩《ある》いてくる。

「健太《けんた》、前《まえ》！」

だめだ、間《ま》にあわない！

「へ？」

ドンッ！

「わあぁっ！」

「きゃっ」

健太《けんた》と女《おんな》の子《こ》、二人《ふたり》の悲鳴《ひめい》の合間《あいま》に、カシャンと何《なに》かが落《お》ちる音《おと》がした。

「いたたた、今日《きょう》はこんなのばっかだよ……」

そう言《い》いながら、健太《けんた》が体《からだ》を起《お》こす。ぶつかった女《おんな》の子《こ》は、すばやく起《お》きあがると、慌《あわ》てたように地面《じめん》に目《め》を走《はし》らせた。

「ないっ!?　ないっ!?　どこっ、眼鏡《めがね》……」

「眼鏡《めがね》？」

健太《けんた》が、立《た》ちあがろうと手《て》をついた瞬間《しゅんかん》。

グニッ!!

健太《けんた》の手《て》の下敷《したじ》きになったものが、無残《むざん》な音《おと》を立《た》てた。

ピンク色《いろ》の太《ふと》い縁《ふち》の眼鏡《めがね》が、ちらりと見《み》える。

「あっ！」

健太《けんた》が青《あお》くなりながら慌《あわ》てて眼鏡《めがね》を拾《ひろ》いあげると、右側《みぎがわ》のアームが不自然《ふしぜん》な方向《ほうこう》へ曲《ま》がっていた。

「どど、どうしよう」

「どうしようって言《い》っても」

光一《こういち》は、ぶつかった少女《しょうじょ》をじっと見《み》つめる。

女《おんな》の子《こ》は、大《おお》きな三《み》つ編《あ》みを振《ふ》りみだして、地面《じめん》にあるはずの眼鏡《めがね》を探《さが》していた。

「あのう……」

健太《けんた》が、手《て》のひらにのせた眼鏡《めがね》をおずおずと差《さ》しだすと、少女《しょうじょ》はピタリと動《うご》きを止《と》めた。

「もしかして、探《さが》してるのって……これ？」

下《した》を向《む》いていた女《おんな》の子《こ》が、ゆっくりと顔《かお》を上《あ》げる。

怒鳴《どな》られるか、文句《もんく》をつけられるか。

健太《けんた》も、すみれも光一《こういち》も、ごくりと息《いき》をのむ――はずだった。

人間《にんげん》、全然予想《ぜんぜんよそう》もしていないものを見《み》ると、固《かた》まってしまうらしい。

三人《にん》とも、ぽかんと嘘《うそ》のように口《くち》を開《あ》けた。

それくらい、その女《おんな》の子《こ》の顔《かお》は印象的《いんしょうてき》だった。

星《ほし》が瞬《またた》きそうなつぶらな瞳《ひとみ》に、整《ととの》った顔立《かおだ》ち。よく見《み》ると、大《おお》きな三《み》つ編《あ》みは栗色《くりいろ》をしていた。

「もしかして、この子《こ》が噂《うわさ》の美少女転校生《びしょうじょてんこうせい》、じゃない？」

「美少女《びしょうじょ》って、よくわからないけど、ほんとうにオーラが出《で》るんだね……」

女《おんな》の子《こ》は、三人《にん》の変化《へんか》にはみじんも気《き》づかない。ただ健太《けんた》の手《て》の上《うえ》にのった眼鏡《めがね》を見《み》て、そのかわいい顔《かお》を青《あお》ざめさせた。

「わ、わたしの……眼鏡《めがね》!!」

まあ、そうだよな。

光一《こういち》は、健太《けんた》を励《はげ》ますように、ぽんと肩《かた》に手《て》を置《お》いたのだった。

5 美少女《びしょうじょ》もラクじゃない？

結局《けっきょく》、光一《こういち》たちはいったん調査《ちょうさ》を中断《ちゅうだん》して、商店街《しょうてんがい》へ行《い》くことになった。もちろん、美少女《びしょうじょ》の眼鏡《めがね》を修理《しゅうり》するためだ。

健太《けんた》に尋《たず》ねられて、その女《おんな》の子《こ》は日野《ひの》クリスと名《な》のった。そして、今日《きょう》から三ツ谷小《みつやしょう》の六年《ねん》一組《くみ》に転校《てんこう》してくるはずだったと。

すみれの予想《よそう》は、大当《おおあ》たりだったわけだ。

最初《さいしょ》は正門《せいもん》に向《む》かったけれど、何《なに》が起《お》きているかわからず、聞《き》く人《ひと》もいない。ぐるりと学校《がっこう》の周囲《しゅうい》を回《まわ》っていて、裏門《うらもん》に偶然《ぐうぜん》やってきたらしい。

クリスは、この街《まち》に昨日《きのう》引《ひ》っ越《こ》してきたばかりで、道《みち》も、お店《みせ》の場所《ばしょ》も全然《ぜんぜん》知《し》らない。眼鏡《めがね》を壊《こわ》したあげく、放置《ほうち》するわけにはいかない、となったのだった。

でも、すごく気《き》まずいな……。

四人《にん》の先頭《せんとう》を歩《ある》く、光一《こういち》の足《あし》どりは重《おも》い。

とりあえず、まずは自己紹介《じこしょうかい》。

光一《こういち》、すみれ、健太《けんた》の三人《にん》は名前《なまえ》と、同《おな》じクラスであることをクリスに説明《せつめい》した。

クリスは、自分《じぶん》の名前《なまえ》と簡単《かんたん》ないきさつこそ話《はな》したものの、それ以外《いがい》はほとんどしゃべろうとしない。まるで隠《かく》れるように、すみれの後《うし》ろについて歩《ある》いていた。

微妙《びみょう》な雰囲気《ふんいき》の中《なか》で、健太《けんた》だけがクリスに果敢《かかん》に声《こえ》をかける。

「えーっと、クリスちゃんはさ。どうして三ツ谷小《みつやしょう》に転校《てんこう》してきたの？」

「親《おや》の仕事《しごと》の関係《かんけい》で……」

「そそそ、そうなんだ〜。えっと、髪《かみ》の毛《け》の色《いろ》きれいだね！　茶色《ちゃいろ》っていうかなんていうか」

「祖父《そふ》がイギリス人《じん》だから……」

「へえ！　イギリスかあ。ぼくもいつか行《い》ってみたいなあ。ローストビーフを、お腹《なか》いっぱい食《た》べたいんだ。クリスちゃんは、イギリスに行《い》ったことあるの？」

「あの……わたしに気《き》をつかって、話《はな》しかけてこなくてもいいですよ……」

ピキーンと、辺《あた》りの空気《くうき》が固《かた》まる。健太《けんた》は、力《ちから》なくがっくりと肩《かた》を落《お》とした。

「うーん。ぼくは別《べつ》に気《き》をつかってるわけじゃなくて、そっちの方《ほう》が楽《たの》しいからなんだけど」

すみれが、光一《こういち》の横《よこ》に早足《はやあし》でやってくる。クリスに聞《き》こえないように、声《こえ》をひそめた。

「ねえ、なんかとっつきにくくない？　見《み》た目《め》はウワサ通《どお》り、すっごいかわいいんだけどさ」

「引《ひ》っ越《こ》してきたばかりで、緊張《きんちょう》してるんじゃないか？」

「でも、テレビで見《み》た時《とき》と全然違《ぜんぜんちが》うんだけど」

そう言《い》いながら、すみれはさらに一歩足《ぽあし》を速《はや》めて、光一《こういち》の前《まえ》に出《で》た。

「美少女《びしょうじょ》コンテストのＶＴＲ《ブイティーアール》ではハキハキしゃべってたから、今《いま》とフンイキが全然違《ぜんぜんちが》うっていうか……」

「どっちかっていうと、おどおどしすぎてて、声《こえ》がかけにくいくらいだな」

光一《こういち》が振《ふ》りむくと、クリスは目《め》を合《あ》わせないように、さっと視線《しせん》をそらす。

重《おも》い沈黙《ちんもく》の中《なか》、学校《がっこう》から歩《ある》くこと十分《ぷん》。

たどりついた商店街《しょうてんがい》の入《い》り口《ぐち》で、光一《こういち》はほっと胸《むね》をなでおろした。

商店街《しょうてんがい》の真《ま》ん中《なか》くらいに、修理《しゅうり》もできる眼鏡屋《めがねや》がある。店主《てんしゅ》のおじいさんとは、母親《ははおや》が親《した》しいこともあってそこそこ仲《なか》がいい。

そこに行《い》けば、なんとかなるだろう。

先生《せんせい》を助《たす》ける作戦《さくせん》も早《はや》く立《た》てたいし、さっさと行《い》くか。

光一《こういち》は、アーケードの下《した》を一歩踏《ぼふ》みだす。

学校《がっこう》が休《やす》みになったこともあって、商店街《しょうてんがい》はいつもより人通《ひとどお》りが多《おお》かった。あちこちに、家《いえ》でじっとしていられない子《こ》どもたちの姿《すがた》が見《み》える。

それにしても、さっきから視線《しせん》を感《かん》じる。すれ違《ちが》う人《ひと》が、みんなこっちをチラチラ見《み》てるような。

周囲《しゅうい》から集《あつ》まる視線《しせん》に気《き》づいて、健太《けんた》がうれしそうに胸《むね》をそらした。

「なんかさ、すごく注目浴《ちゅうもくあ》びてない？　もしかして、ぼく有名人《ゆうめいじん》になっちゃったのかなあ！」

「いや、それはないと思《おも》う」

多分《たぶん》、注目《ちゅうもく》されてるのは健太《けんた》じゃなくて……。

光一《こういち》は、後《うし》ろを歩《ある》くクリスをちらりと盗《ぬす》みみる。

って、いない!?　いや、そうじゃない。

「ちょっとー！　二人《ふたり》とも、置《お》いてかないでよ！」

気《き》がつくと、すみれとクリスのまわりに小《ちい》さな人垣《ひとがき》ができていた。正《ただ》しくは、クリスに声《こえ》をかけにきた人《ひと》にすみれは巻《ま》きこまれて、だけど。

老若男女《ろうにゃくなんにょ》、いろんな人《ひと》が二人《ふたり》を囲《かこ》むように集《あつ》まっている。

なんだこれ、美少女効果《びしょうじょこうか》ってやつか!?

「あなた、ときどき雑誌《ざっし》モデルやってる子《こ》だよね！　スゴーイ、実物《じつぶつ》もめっちゃかわいい！」

「ね、このお洋服《ようふく》すっごくステキね！　どこで買《か》ったの？　教《おし》えて！」

「前《まえ》にテレビに出《で》てた女《おんな》の子《こ》だよね。もしかして、この近《ちか》くに……」

話《はな》しかけられたクリスがこわごわ足《あし》を止《と》めると、見《み》る間《ま》に、むくむくと人垣《ひとがき》がふくれあがる。

光一《こういち》も巻《ま》きこまれそうになって、早々《そうそう》に、その人垣《ひとがき》からはいだした。

「どうなってるんだ？　クリスって、そんなに有名人《ゆうめいじん》なのか？　健太《けんた》」

「光一《こういち》はテレビより本《ほん》ってかんじだもんね。ぼくは、特集番組《とくしゅうばんぐみ》で何度《なんど》か見《み》たことあるよ。いいなあ、ぼくもあんなふうに注目《ちゅうもく》されたいよ～！」

今度《こんど》はなんとかうまいこと抜《ぬ》けだせた健太《けんた》が、心底《しんそこ》うらやましそうに叫《さけ》ぶ。

たしかに、健太《けんた》はいっつもモテたいって言《い》ってるからな……。

光一《こういち》は、緊急用《きんきゅうよう》に持《も》ちあるいているスマホを取《と》りだして、検索画面《けんさくがめん》を開《ひら》いた。

日野《ひの》、クリス……っと。

すぐに、いくつかの動画《どうが》が見《み》つかる。

タイトルに『美少女《びしょうじょ》コンテスト　結果発表《けっかはっぴょう》』と書《か》かれているものをタップすると、スマホの小《ちい》さな画面《がめん》に、きれいに着飾《きかざ》ったクリスがぱっと映《うつ》しだされた。

今《いま》は三《み》つ編《あ》みにしている髪《かみ》の毛《け》を、さらりとおろしている。

まさに、美少女《びしょうじょ》って雰囲気《ふんいき》だ。ずらりと並《なら》んだコンテストの参加者《さんかしゃ》の中《なか》でも、ひときわ輝《かがや》いて見《み》える。

画面《がめん》の中《なか》、満面《まんめん》の笑《え》みのクリスは、自信《じしん》たっぷりの足《あし》どりでステージの前《まえ》に進《すす》みでると、うれしそうにトロフィーを受《う》けとった。

「『Thank you《サンキュー》 very《ベリー》 much《マッチ》. It is《イッツ》 an《アン》 honor《アナー》 to《トゥー》 receive《レシーブ》 a《ア》 wonderful《ワンダフル》 award《アウォード》. I am《アイアム》 so《ソー》 touched《タッチトゥ》.』」

スマホをいっしょにのぞきこんだ健太《けんた》が、難《むずか》しい顔《かお》になった。

「光一《こういち》、何《なん》て言《い》ってるの？　英語《えいご》で、全然《ぜんぜん》わからないんだけど……」

「ありがとうございます。すばらしい賞《しょう》を受賞《じゅしょう》できて光栄《こうえい》です。とても感動《かんどう》しています。って

さ。受賞《じゅしょう》コメントみたいだ」

「かっこいいなあ。でも……」

健太《けんた》の言《い》いたいことはわかる。

光一《こういち》はスマホを掲《かか》げると、映像《えいぞう》と実物《じつぶつ》を見《み》くらべた。

「全然違《ぜんぜんちが》うな」

たくさんのフラッシュを浴《あ》びながら、にっこりと笑《え》みを浮《う》かべたクリス。

たくさんの人《ひと》に囲《かこ》まれて、あわてふためきながら縮《ちぢ》こまっているクリス。

まるで別人《べつじん》だ。

一体《いったい》、どっちが本当《ほんとう》なんだ？

「あ、あの……わたし、眼鏡《めがね》を」

クリスが一生懸命《いっしょうけんめい》に声《こえ》を上《あ》げるけれど、小《ちい》さすぎてすぐに周囲《しゅうい》の人《ひと》たちにかき消《け》されてしまう。

だんだんと二人《ふたり》の周《まわ》りの人垣《ひとがき》が狭《せば》まって、一番手前《いちばんてまえ》にいたおばさんが、すみれにどんとぶつかった。

「ああもう！　みんな、離《はな》れて!!」

すみれがお腹《なか》から大声《おおごえ》を出《だ》すと、近《ちか》くに集《あつ》まっていた人《ひと》たちが、くもの子《こ》を散《ち》らすようにさっと距離《きょり》をとる。

そりゃあ、すみれの強《つよ》さは、ここらへんでは知《し》れわたってるからな。

すみれはクリスの手《て》をぎゅっとつかむと、迷《まよ》わず駆《か》けだした。

「行《い》こう！　クリス」

「え、ちょっと……」

「ほら、早《はや》く！」

「早《はや》くって、待《ま》って……そんなにっ、走《はし》れな……」

ばたばたと音《おと》を立《た》てながら、二人《ふたり》の姿《すがた》があっという間《ま》に商店街《しょうてんがい》の奥《おく》へと消《き》えていく。

「待《ま》って！」

「少《すこ》し、話《はなし》だけでも！」

二人《ふたり》の後《あと》を、あきらめきれない数人《すうにん》が追《お》いかけていく。たまたま居《い》あわせたおばさんが、何事《なにごと》かと目《め》を白黒《しろくろ》させた。

まったく、何《なに》か問題《もんだい》を起《お》こさないと気《き》がすまないのか！

「……おれたちも行《い》くか」

光一《こういち》は仕方《しかた》なく、二人《ふたり》を追《お》って、のろのろと走《はし》りだしたのだった。

★6 ヒミツの縁眼鏡《ふちめがね》

眼鏡屋《めがねや》のドアが開《ひら》いて、付《つ》いていた鈴《すず》がカランカランと鳴《な》った。

「ねー、おじいさん。ここにすごくかわいい女《おんな》の子《こ》、来《こ》なかった？　同《おな》い年《どし》くらいの子《こ》、何人《なんにん》かといっしょに」

入《い》り口《ぐち》から、子《こ》どもの声《こえ》が聞《き》こえてくる。カウンターに座《すわ》っていた眼鏡屋《めがねや》のおじいさんは、新《しん》聞《ぶん》を開《ひら》いたまま明《あか》るい声《こえ》でにこにこと答《こた》えた。

「いいやあ、来《き》てないなあ」

「そっか。どこ行《い》っちゃったんだろ。ありがとう、おじいさん」

子《こ》どもが、手《て》を振《ふ》りながら店《みせ》を出《で》ていく。

ドアがバタンと閉《し》まった瞬間《しゅんかん》、光一《こういち》はずるずると棚《たな》のかげからはいだした。

「はー、やっと逃《に》げきった……」

「ちょうどいいランニングだったよね」

すみれが、光一《こういち》の後《うし》ろからひょっこりと飛《と》びだす。

あの後《あと》、人《ひと》をまくためにあっちこっち走《はし》りまわって、商店街《しょうてんがい》を三周《しゅう》するはめになった。健太《けんた》なんか、もうへろへろで今《いま》にも倒《たお》れこみそうだ。

「あの、ありがとうございました……」

クリスは店主《てんしゅ》のおじいさんに、しきりに頭《あたま》を下《さ》げる。

「いやいや。お嬢《じょう》ちゃんも大変《たいへん》だったねえ。それで光一《こういち》くん、今日《きょう》はなんの用事《ようじ》なんだい？　隠《かく》れるために来《き》たわけじゃないんだろう？」

「えーっと。じつは、この子《こ》の眼鏡《めがね》を見《み》てほしいんだけど」

光一《こういち》に背《せ》を押《お》されて、クリスがおずおずと眼鏡《めがね》を差《さ》しだす。

おじいさんはそれを丁寧《ていねい》に受《う》けとると、曲《ま》がった眼鏡《めがね》のアームを何度《なんど》か左右《さゆう》に動《うご》かした。

「これは、きれいに曲《ま》がってるねえ」

「おじいさん、直《なお》せそう!?」

健太《けんた》が、落《お》ちつきなくカウンターに身《み》を乗《の》りだす。

おじいさんは、健太《けんた》とクリスに向《む》かって、ふぉっふぉとおだやかに笑《わら》った。

「だいじょうぶだ。ここの金具《かなぐ》をいじれば、元《もと》どおりになるよ」

「よかったあ〜！」

「今日《きょう》は、学校《がっこう》で大事件《だいじけん》が起《お》きてるからお客《きゃく》さんも来《こ》ないし、特別《とくべつ》サービスだ。すぐ直《なお》してあげるよ」

おじいさんはそう言《い》うと、眼鏡《めがね》を持《も》って修理台《しゅうりだい》に移動《いどう》する。

すみれと健太《けんた》は、ぱーんと足《あし》を投《な》げだして、一人《ひとり》がけのイスに座《すわ》りこんだ。

「それにしても、まさか、あんなに人《ひと》が集《あつ》まってくるなんてね」

「……ごめんなさい」

クリスは、近《ちか》くにあった待合用《まちあいよう》のイスに足《あし》をそろえて座《すわ》る。うつむきながら、肩《かた》を小《ちい》さくした。

すみれと健太《けんた》は、目《め》を丸《まる》くして顔《かお》を見《み》あわせる。

「あたしは別《べつ》に気《き》にしてないよ。ちょっとかくれんぼみたいでおもしろかったし！」

「そうそう。個人的《こじんてき》には、注目《ちゅうもく》されるのって好《す》きだしさあ」

「本当《ほんとう》に？」

今度《こんど》は、クリスがびっくりして目《め》を丸《まる》くする番《ばん》だった。

「ぼくなんて、みんなに注目《ちゅうもく》されたくておもしろいことするけど、ぜんっぜん相手《あいて》にしてもらえないときもあるし……」

「それは、健太《けんた》のボケがつまんないときでしょ」

すみれが、すかさずツッコミを入《い》れる。クリスは、一瞬《いっしゅん》きょとんとした後《あと》に、小《ちい》さく吹《ふ》きだした。

笑《わら》った顔《かお》は、初《はじ》めて見《み》た気《き》がする。

光一《こういち》は、近《ちか》くにあった長《なが》イスにゆっくりと腰《こし》を下《お》ろした。

「でも、注目《ちゅうもく》されるのがいやなら、なんでコンテストに出《で》たんだ？　それに、動画《どうが》では今《いま》よりもはっきりと話《はな》し――」

カランカラン
背後《はいご》で、軽《かろ》やかな鈴《すず》の音《ね》が鳴《な》る。

光一《こういち》が振《ふ》りかえると、入《い》り口《ぐち》からさっきの子《こ》どもが顔《かお》を出《だ》していた。

見《み》つかった!?

「おじいさん、わたしさっき落《お》とし物《もの》……あーっ！　あの子《こ》だ!!」

まだ小学校《しょうがっこう》一、二年《ねん》くらいの女《おんな》の子《こ》は、さーっと中《なか》に走《はし》りこんでくると、クリスに駆《か》けよった。

これは、また追《お》いかけっこか!?

光一《こういち》はあわててクリスに視線《しせん》を向《む》ける。

けれど、クリスはなぜか余裕《よゆう》のある表情《ひょうじょう》で、女《おんな》の子《こ》ににっこりと笑《わら》いかけていた。

花《はな》が咲《さ》いたような、オーラのあるたたずまい。

さっきまでと雰囲気《ふんいき》が違《ちが》う。まるで——動画《どうが》の中《なか》で見《み》たクリスみたいだ。

「こんにちは。もしかして、わたしを探《さが》してくれていたの？」

「うん、お姉《ねえ》ちゃんのサインがほしくって！」

女《おんな》の子《こ》は、かばんから小《ちい》さなノートを取《と》りだす。クリスに向《む》かって、きらきらした目《め》を向《む》けながら差《さ》しだした。

クリスは、鼻歌《はなうた》でも歌《うた》いだしそうなくらい軽《かろ》やかに、さらさらとサインを書《か》きつける。

「はい、どうぞ」

「わあい。ありがとう！」

「どういたしまして。でも、ここにいることは、みんなにはないしょにしてね。お店《みせ》にめいわくがかかっちゃうから」

「うん！　わかった」

女《おんな》の子《こ》はクリスと指切《ゆびき》りすると、跳《は》ねるような足《あし》どりで、お店《みせ》を飛《と》びだしていった。

クリスはにっこり笑顔《えがお》のまま、女《おんな》の子《こ》に手《て》を振《ふ》っていたものの、ドアがバタンと閉《し》まると、みるみる顔面蒼白《がんめんそうはく》になる。その場《ば》に小《ちい》さくうずくまって、動《うご》かなくなった。

「あ、あれ？」

「どうしたんだろ」

「えーっと、おーい、クリスちゃん？」

いくら呼《よ》びかけても、クリスに反応《はんのう》はない。その場《ば》に座《すわ》りこんだままだ。

「光一《こういち》、どうする？」

「どうするって言《い》っても……」

そのまま、コチコチと時間《じかん》が過《す》ぎていく。

十分後《ぷんご》。突然《とつぜん》、呪《のろ》いでも解《と》けたみたいにクリスはすっと顔《かお》を上《あ》げた。

「……穴《あな》が、穴《あな》があったら入《はい》りたいわ」

そう、ぶつぶつとつぶやいたかと思《おも》うと、疲《つか》れたようにため息《いき》をつきながら、肩《かた》を落《お》とした。

……恥《は》ずかしくて本当《ほんとう》に硬直《こうちょく》してたってことか!?

「えーっと、今《いま》のなに？　二重人格的《にじゅうじんかくてき》な？」

「ちがうわ！　あれはっ、全部《ぜんぶ》……演技《えんぎ》なの」

「演技《えんぎ》って、あれが!?」

「あまりに違《ちが》いすぎて、瞬時《しゅんじ》に双子《ふたご》と入《い》れ替《か》わったのかと思《おも》ったよ……」

すみれと健太《けんた》の言葉《ことば》に、クリスがそんなこと無理《むり》じゃない？　と首《くび》をかしげる。

「……ステージとか撮影《さつえい》では、気持《きも》ちを切《き》りかえて臨《のぞ》んでるの。そうじゃないと、とてもはずかしくって」

クリスはうつむくと、スカートのすそをぎゅっとにぎりこんだ。

「パパとママは、自信《じしん》もつくし、はずかしがりを改善《かいぜん》するのにいいんじゃないかってコンテストに応募《おうぼ》してくれたんだけど……」

なるほど。

「あの眼鏡《めがね》は、顔《かお》を隠《かく》すためのものだったんだな。度《ど》も入《はい》ってなかったし」

「あれは、パパに作《つく》ってもらった特注品《とくちゅうひん》なの。不思議《ふしぎ》とあれをかけると、ものすごく存在感《そんざいかん》が薄《うす》くなるのよ」

な、なんだその眼鏡《めがね》!?

「特注品《とくちゅうひん》の威力《いりょく》、おそるべし……」

すみれと健太《けんた》は、イスから身《み》を乗《の》りだして、修理《しゅうり》されている眼鏡《めがね》をまじまじと見《み》つめた。

光一《こういち》も、つい気《き》になって眼鏡《めがね》に目《め》がいってしまう。

どういう仕組《しく》みか、いつか調《しら》べてみたい。

「だから、いつもはあれをかけて、目立《めだ》たないようにしてるの。さっきみたいに、面倒《めんどう》なことに巻《ま》きこまれて大変《たいへん》だし……」

「でも、どんなふうに演技《えんぎ》してるの？」

「えっと……ステージに立《た》つときは、『わたしは、元気《げんき》で明《あか》るくて、自信《じしん》にあふれてて全然《ぜんぜん》恥《は》ずかしくない！』ってひたすら自分《じぶん》に言《い》いきかせたり……」

「それって、想像《そうぞう》すると結構《けっこう》」

「くっ、暗《くら》いって思う!?　わたしもわかってるわ！」

すみれのコメントに、クリスは顔《かお》を真《ま》っ赤《か》にした。

「あっ、あとは、こういうふうになりたいっていう人《ひと》の本《ほん》や資料《しりょう》を読《よ》むの。動画《どうが》を見《み》て、動《うご》き方《かた》を研究《けんきゅう》して真似《まね》してみたりとか……」

「つまり、クリスは『こういうふうになりきる』っていうのが決《き》まっていれば、その通《とお》りに演技《えんぎ》できるってことか？」

「え？　ええ。多分《たぶん》だけど……」

それって、めちゃくちゃすごいことじゃないか。

これだけの演技力《えんぎりょく》。人目《ひとめ》を引《ひ》く才能《さいのう》……。

そうだ、これしかない。

光一《こういち》はイスから立《た》ちあがると、クリスに真剣《しんけん》な顔《かお》でつめよった。

「クリス。おれたちに、協力《きょうりょく》してくれないか!?」

「えっ、協力《きょうりょく》!?」

すみれと健太《けんた》、そしてクリスの声《こえ》がきれいに重《かさ》なる。

突然近《とつぜんちか》づいてきた光一《こういち》に驚《おどろ》いて、クリスは長《なが》イスの反対側《はんたいがわ》へ、すすっと距離《きょり》をとったのだった。


「先生《せんせい》の救出《きゅうしゅつ》って……本気《ほんき》なの？　なんでそんなことを？」

光一《こういち》の説明《せつめい》を聞《き》きおえたクリスは、おじいさんの方《ほう》を気《き》にしながら、手《て》を組《く》みかえた。

「このままだと、人質《ひとじち》になった先生《せんせい》の命《いのち》が危《あぶ》ないんだ。だから、クリスにも協力《きょうりょく》してほしい。クリスの演技力《えんぎりょく》が必要《ひつよう》なんだ」

「必要《ひつよう》って言《い》われても……」

クリスは、困《こま》ったように視線《しせん》をさまよわせる。

「危険《きけん》すぎるわ。それにわたしは、三ツ谷小《みつやしょう》のことも……みんなのことも何《なに》も知《し》らないし。無理《むり》よ。八木《やぎ》くん……も、演技《えんぎ》はできるんじゃないかしら。目立《めだ》つのも得意《とくい》そうだし……」

「健太《けんた》には華《はな》がない」

「そんなあ～」

健太《けんた》はがっかりしながら、さっとポケットからハンカチを取《と》りだす。涙《なみだ》でもふくのかと思《おも》いきや、ぎゅっとにぎりこんだ。

次《つぎ》の瞬間《しゅんかん》には、ハンカチが花《はな》の形《かたち》になっている。

クリスが、ぎょっとしているのを見《み》て、健太《けんた》は満足《まんぞく》そうにふっふっふーと笑《わら》った。

って、そういう花《はな》じゃないからな!?

「とにかく、おれたちは本気《ほんき》なんだ」

光一《こういち》は、正面《しょうめん》からクリスを見《み》つめる。

「おれはさっきの演技《えんぎ》を見《み》て、クリスに協力《きょうりょく》してもらえれば、先生《せんせい》を助《たす》けられる確率《かくりつ》が上《あ》がるって確信《かくしん》したんだ。もちろん、できる範囲《はんい》でいい。だから……」

光一《こういち》は、迷《まよ》うクリスの手《て》をつかもうとする。

けれど、その手《て》は思《おも》った通《とお》りに動《うご》かなくて、すかっと空《くう》を切《き》った。

気《き》がつくと、まぶたが重《おも》くなって視界《しかい》が半開《はんびら》きになっている。

「……徳川《とくがわ》くん？」

とまどっているクリスを横目《よこめ》に、光一《こういち》は左腕《ひだりうで》にはめた腕時計《うでどけい》にさっと目《め》をやる。

げ、マズい。

そろそろ時間《じかん》だ。

光一《こういち》は迷《まよ》うことなく、長《なが》イスにごろりと横《よこ》になる。

「ちょ、ちょっと徳川《とくがわ》くん!?」

まだ話《はなし》の途中《とちゅう》だけど。

でも、もう我慢《がまん》できそうにない。

目《め》を閉《と》じながら体《からだ》の力《ちから》を抜《ぬ》く。

次《つぎ》の瞬間《しゅんかん》には、光一《こういち》はおだやかな寝息《ねいき》を立《た》てはじめていた。

信《しん》じられない。クリスはあまりの驚《おどろ》きで、今日一番《きょういちばん》の大声《おおごえ》を上《あ》げた。

「……とつ、徳川《とくがわ》くんが眠《ねむ》っちゃった!?」

「あー、初《はじ》めて見《み》るとびっくりするよね。その、光一《こういち》の場合《ばあい》はしょうがないんだよ」

困惑顔《こんわくがお》のクリスに、健太《けんた》が苦笑《にがわら》いをしながら、ぼりぼりと頭《あたま》をかく。

「光一《こういち》って、めちゃくちゃ頭《あたま》がいいんだけど、三時間《じかん》に一度眠《どねむ》らないといけない体質《たいしつ》なんだ」

「体質《たいしつ》？」

クリスは首《くび》をかしげながら、長《なが》イスでぐうぐうと眠《ねむ》っている光一《こういち》を見《み》おろした。

たしかに、大声《おおごえ》を出《だ》したのに不自然《ふしぜん》なくらいに何《なん》の反応《はんのう》もない。

「そうそう。起《お》きてから三時間《じかん》たつと、ぱったり倒《たお》れるみたいに眠《ねむ》っちゃうんだよね。しかも、そうするとどんなに起《お》こそうとしても、最低《さいてい》五分《ふん》は目《め》が覚《さ》めなくって」

「一日《にち》に何回《なんかい》も眠《ねむ》らないといけない……ってこと？」

クリスの言葉《ことば》に、すみれはうんうんとうなずいた。

「でも、ええっと、突然《とつぜん》すっごく眠《ねむ》くなるナルコレプシーっていう、今《いま》までにわかってる病気《びょうき》とは違《ちが》うんだって。光一《こういち》のおじいちゃん家《ち》は大《おお》きな総合病院《そうごうびょういん》なんだけど、そこで調《しら》べてもわからなかったから、光一《こういち》の特異体質《とくいたいしつ》ってカンジみたい」

「だから、いつでも時間《じかん》がわかるようにずっと腕時計《うでどけい》をしてるんだ」

健太《けんた》の声《こえ》につられて、クリスは光一《こういち》の腕時計《うでどけい》に目《め》を向《む》けた。

青《あお》い防水性《ぼうすいせい》の腕時計《うでどけい》が、カチカチと狂《くる》うことなく時《とき》を刻《きざ》んでいる。

「生《う》まれたときから、ずっとそうなんだって。だから、休《やす》み時間《じかん》はほとんど寝《ね》てるんだ」

「徳川《とくがわ》くんも、大変《たいへん》なのね……」

「うーん、どうなのかなあ」

「光一《こういち》は、気《き》にしてないっていうか、気《き》にしてもしょうがないって言《い》ってた」

すみれは、イスで足《あし》をぶらぶらさせながら肩《かた》をすくめた。

「『人生《じんせい》には、変《か》えられることと変《か》えられないことがある。三時間《じかん》に一回寝《かいね》ないといけないのは変《か》えられないけど、それでも好《す》きなことはできるし、いい人生《じんせい》には変《か》えられる』って。あたしは、どういう意味《いみ》かよくわかんないけど」

「………」

「あ、でも三時間以上《じかんいじょう》ある映画《えいが》が一気《いっき》に見《み》られないとかボヤいてた！」

「長編《ちょうへん》の本《ほん》が、いくら続《つづ》きが気《き》になっても途中《とちゅう》で眠《ねむ》っちゃうとか」

「あと、寝顔《ねがお》を見《み》られるのが嫌《いや》だ、とかね」

「そういうレベルの問題《もんだい》じゃないと思《おも》うけど……」

「ま、突然眠《とつぜんねむ》っちゃっても、あたしと健太《けんた》がいるしね」

「危《あぶ》なくはならないように、光一《こういち》も気《き》をつけてるから」

「なにせ、光一《こういち》は〈世界一《せかいいち》の天才少年《てんさいしょうねん》〉だし」

「世界一《せかいいち》の、天才《てんさい》？」

クリスの言葉《ことば》に、すみれは軽《かる》い調子《ちょうし》でうなずいた。その後《あと》、何《なに》かを思《おも》いだして、ぷっと一人《ひとり》で吹《ふ》きだす。

「でも、結構抜《けっこうぬ》けてるとこもあるんだよね。幼稚園《ようちえん》の時《とき》に、寝《ね》てるあいだにクレヨンで顔《かお》にラクガキしたんだけど、それでも目《め》を覚《さ》まさなくって。起《お》きてからもラクガキに気《き》づかないで、クールな顔《かお》してってさ」

「……あれは、やっぱりすみれのしわざだったのか」

二人《ふたり》の会話《かいわ》をさえぎる声《こえ》が、長《なが》イスから響《ひび》く。

クリスが壁《かべ》にかかった時計《とけい》を見《み》ると、光一《こういち》の話題《わだい》だけで、あっという間《ま》に五分《ふん》が過《す》ぎていた。

光一《こういち》は、むっとした顔《かお》をしながら、のろのろと体《からだ》を起《お》こす。

……久《ひさ》しぶりにやってしまった。さすがに、初対面《しょたいめん》の人《ひと》の前《まえ》で爆睡《ばくすい》するのはバツが悪《わる》い。

「おはよう、光一《こういち》。なんだ、まだ起《お》きないかと思《おも》ったのに」

「三人《にん》が騒《さわ》がしいからだろ」

「……わたしは騒《さわ》がしくしてないわ」

クリスが小《ちい》さい声《こえ》で不満《ふまん》を言《い》うと同時《どうじ》に、店《みせ》の奥《おく》からおじいさんがひょっこり顔《かお》を出《だ》した。

「お、もう目《め》が覚《さ》めたのかい？　眼鏡《めがね》の修理《しゅうり》、ちょうど終《お》わったよ」

おじいさんの言葉《ことば》に、クリスはさっと受付台《うけつけだい》に向《む》かう。差《さ》しだされた眼鏡《めがね》を受《う》けとると、宙《ちゅう》に浮《う》かせていろいろな角度《かくど》から確認《かくにん》した。

静《しず》かに、両耳《りょうみみ》に眼鏡《めがね》をかける。

寸分《すんぶん》の狂《くる》いもなく、眼鏡《めがね》はぴったりとクリスの顔《かお》に収《おさ》まった。

本当《ほんとう》だ。よくわからないけど、なんだか芸能人《げいのうじん》オーラ的《てき》なものが落《お》ちついたような気《き》がする。

ナゾすぎるだろ、その眼鏡《めがね》。

「あの、修理代《しゅうりだい》は――」

「新《あたら》しい部品《ぶひん》もほとんど使《つか》ってないし、ちょっと曲《ま》がりを直《なお》しただけだから、だいじょうぶだよ。でも、そうだなあ。できれば、これを解《と》いてもらえると助《たす》かるんだけど……」

そう言《い》って、おじいさんは修理台《しゅうりだい》の横《よこ》から新聞紙《しんぶんし》を取《と》りだすと、カウンターに広《ひろ》げる。四人《にん》がお店《みせ》に入《はい》ったときに持《も》っていたものだ。

紙面《しめん》の真《ま》ん中《なか》、何度《なんど》も書《か》きこみがされている部分《ぶぶん》を、おじいさんは指《ゆび》さした。

「クロスワードパズル……ですか？」

「そう。いくら考《かんが》えてもわからないところがあるんだよ。あと、四つで解《と》けるんだけどねえ」

クリスは新聞紙《しんぶんし》をのぞきこむと、むっと眉間《みけん》にしわを寄《よ》せた。

「えっと、残《のこ》ってるのはタテの4と12、ヨコの……えっ、徳川《とくがわ》くん!?」

クリスが読《よ》みおわる前《まえ》に、光一《こういち》は借《か》りた鉛筆《えんぴつ》で新聞紙《しんぶんし》に書《か》きこみを入《い》れる。パズルが見《み》えるようにたたんで、おじいさんに渡《わた》した。

「えっ、もうわかったのかい？」

「これの答《こた》えは『ダイヤモンド』だよ」

おじいさんは、眼鏡《めがね》をかけると、じっと新聞紙《しんぶんし》の問《と》いと解答欄《かいとうらん》を見《み》くらべた。

「ついでに、タテの2とヨコの13が間違《まちが》ってる」

「おお、ほんとだ。あいかわらず速《はや》いなあ。さすがは光一《こういち》くんだねえ」

「すごい……徳川《とくがわ》くん、今《いま》どうやったの？」

「別《べつ》に、ただ読《よ》んだだけだ。こういうのは得意《とくい》なんだ。出題《しゅつだい》される問題《もんだい》にも、ある程度法則性《ていどほうそくせい》があるし」

「ま、光一《こういち》の知識《ちしき》の使《つか》いどころって、こういうところだよね」

すみれのちゃかす声《こえ》を無視《むし》して、光一《こういち》は出入《でい》り口《ぐち》のドアを開《あ》けた。

「どうしても答《こた》えが気《き》になってなあ。ありがとう。また頼《たの》むよ」

「わからない問題《もんだい》があると、すぐ人《ひと》に聞《き》くんだから。まあ、おれも楽《たの》しいからいいけど」

おじいさんに礼《れい》を言《い》って、光一《こういち》は眼鏡屋《めがねや》から外《そと》に出《で》る。

時間《じかん》は昼《ひる》になっていて、もうすっかり太陽《たいよう》が真上《まうえ》に昇《のぼ》りきっていた。

うしろから、すみれと健太《けんた》がぞろぞろと出《で》てくる。眼鏡屋《めがねや》のおじいさんにあいさつしていたクリスが、最後《さいご》に店《みせ》のドアを閉《し》めた。

「みんな、ありがとう。徳川《とくがわ》くんも、クロスワードを解《と》いてくれて。えっと、それで……」

クリスは、眼鏡《めがね》をかけた顔《かお》を上《あ》げる。一瞬《いっしゅん》だけ、正面《しょうめん》から光一《こういち》を見《み》つめた。

「大《たい》したことはできないけど、わたしも少《すこ》し手伝《てつだ》うわ。あんまり自信《じしん》はないけど……」

「本当《ほんとう》か!?」

「眼鏡《めがね》の分《ぶん》は返《かえ》したいもの。それに、その……」

クリスは深呼吸《しんこきゅう》をしてから、しぼり出《だ》すように言《い》った。

「……みんなの仲間《なかま》になったら、少《すこ》しおもしろそうだから」

「やったあ!」

「世界一《せかいいち》の美少女《びしょうじょ》ゲット!」

健太《けんた》とすみれが、元気《げんき》よくハイタッチする。クリスは、少《すこ》し顔《かお》を赤《あか》くしながらうつむいた。

「その代《か》わり、何《なに》をしたらいいのかは丁寧《ていねい》に説明《せつめい》してくれる……? 具体的《ぐたいてき》に指示《しじ》されないと、きちんと演技《えんぎ》できないから」

「わかった。じゃあ、作戦会議《さくせんかいぎ》をしよう。もちろん、四人《にん》でだ」

光一《こういち》の言葉《ことば》に、健太《けんた》はうんうんとうなずく。

すみれが手《て》を挙《あ》げると、クリスは、はにかみながらも、ぱちんと手《て》を合《あ》わせたのだった。

★8 作戦会議《さくせんかいぎ》はおしずかに

「それじゃあ、説明《せつめい》するぞ」

光一《こういち》は、三人《にん》の顔《かお》を見《み》まわしながら、テーブルの上《うえ》に図面《ずめん》をがさがさと広《ひろ》げた。

一度《いちど》家《いえ》に帰《かえ》って荷物《にもつ》を置《お》いてから、四人《にん》は都立図書館《とりつとしょかん》のグループ閲覧室《えつらんしつ》に集《あつ》まっていた。

ここなら、資料《しりょう》を広《ひろ》げながら（うるさくない程度《ていど》なら）みんなで話《はな》し合《あ》いができる、というわけだ。

すみれと健太《けんた》が、ぐっと身《み》を乗《の》りだして、図面《ずめん》をのぞきこむ。

まだ学校《がっこう》の中《なか》に入《はい》ったことのないクリスは、珍《めずら》しいものでも見《み》るように、しげしげと眺《なが》めた。

「三《み》ツ谷《や》小学校《しょうがっこう》って結構《けっこう》、大《おお》きいのね。それに、きれいだし……」

「だいぶ古《ふる》くなってたから、何年《なんねん》か前《まえ》に大改修《だいかいしゅう》したの。あれ、いつだったっけ？」

「三年前《ねんまえ》だな。って、学校案内《がっこうあんない》は事件《じけん》が解決《かいけつ》して、登校《とうこう》してからでいいだろ」

光一《こういち》がそう言《い》うと、すみれは、はーいと返事《へんじ》をする。クリスは、申《もう》し訳《わけ》なさそうに肩《かた》を小《ちい》さくした。

「まずは、脱獄犯《だつごくはん》たちについてだ。脱獄犯《だつごくはん》は、全部《ぜんぶ》で四人《にん》いて——」

「あっ、光一《こういち》！　それはぼくに説明《せつめい》させてよ。さっき、家《いえ》に帰《かえ》ったときにテレビでチェックしてきたんだ」

健太《けんた》は、イスから立《た》ちあがると、ぐっと筆箱《ふでばこ》をつかむ。

……マイクのつもりか？

「こちら、現場《げんば》です。周囲《しゅうい》には緊張感《きんちょうかん》がただよっております。それというのも、脱獄犯《だつごくはん》は全部《ぜんぶ》で四名《めい》もおり、そのほとんどが名《な》の知《し》れた犯罪者《はんざいしゃ》なのです」

「健太《けんた》、声大《こえおお》きすぎ！」

ぱっと後《うし》ろを振《ふ》りむくと、近《ちか》くを通《とお》りかかった司書《ししょ》のお姉《ねえ》さんが、じっと四人《にん》を見《み》ている。

健太《けんた》はぺこぺことお姉《ねえ》さんに頭《あたま》を下《さ》げると、声《こえ》のボリュームとジェスチャーを半分《はんぶん》くらいに小《ちい》さくした。

それでも、十分《じゅうぶん》にオーバーなんだけど。

「こちらが、顔写真《かおじゃしん》です」

そう言《い》って、健太《けんた》は光一《こういち》が準備《じゅんび》した写真《しゃしん》を指《ゆび》さす。

「赤星豪《あかぼしつよし》。余罪《よざい》は少《すく》ないですが、強盗《ごうとう》の現場《げんば》にやってきた警察官《けいさつかん》を投《な》げとばし、現行犯逮捕《げんこうはんたいほ》されるまで三十人《にん》を病院送《びょういんおく》りにした、〈絶対《ぜったい》に捕《つか》まえられない大男《おおおとこ》〉として有名《ゆうめい》です」

「ふうん、組《く》み合《あ》ったらおもしろそう！」

「次《つぎ》はこちら、青木秀《あおきしゅう》。警備員《けいびいん》の職務《しょくむ》を悪用《あくよう》し、複数《ふくすう》の会社《かいしゃ》に盗《ぬす》みに入《はい》って企業情報《きぎょうじょうほう》を転売《てんばい》していました。インターネットでは、〈情報《じょうほう》の闇《やみ》ブローカー〉と呼《よ》ばれていたようです」

「こういうときは案外《あんがい》、健太《けんた》も記憶力《きおくりょく》あるよな。テスト勉強《べんきょう》には使《つか》えてないけど」

「ううう、うるさいなあ」

健太《けんた》は、がっくりと肩《かた》を落《お》とす。けれど、さっと気《き》を取《と》りなおして、キリリとレポーターらしい顔《かお》になった。

「そして、脱獄犯《だつごくはん》のリーダーと目《もく》されているのが、黒田浩二《くろだこうじ》です。発砲事件《はっぽうじけん》で捕《つか》まった元組員《もとくみいん》で、服役《ふくえき》も一度《ど》や二度《ど》ではありません。これで、あれ、ええっと、三人《にん》しかいない」

「八木《やぎ》くんって、なんだか締《し》まらないわね……」

「そんなあ～！　クリスちゃんまで。あと、健太《けんた》って呼《よ》んで！」

健太《けんた》が半泣《はんな》きになりながら、いち、にいと指折《ゆびお》り数《かぞ》える。

「もう一人《ひとり》は、危険運転《きけんうんてん》と軽度《けいど》の窃盗《せっとう》で捕《つか》まった白井和則《しらいかずのり》だろ」

「あ、そうそう。一人《ひとり》だけ影《かげ》が薄《うす》いから、覚《おぼ》えられなかったみたい」

光一《こういち》は、はーっと息《いき》を吐《は》きながら、図面《ずめん》に目《め》を戻《もど》した。

「さらに、学校《がっこう》の周囲《しゅうい》に警察《けいさつ》、正門前《せいもんまえ》にはマスコミがつめかけてる。おれたちはこれを突破《とっぱ》したうえで、さっきの四人《にん》から先生《せんせい》を助《たす》けださなきゃいけない。そこで、作戦《さくせん》は三段階《だんかい》にする」

光一《こういち》は図面《ずめん》の正門《せいもん》をトンと指《ゆび》さした。

「第《だい》一段階《だんかい》は、警察《けいさつ》とマスコミ、そして犯人《はんにん》の意識《いしき》をクリスが引《ひ》きつける。学校《がっこう》の周囲《しゅうい》の警備《けいび》が薄《うす》くなったすきに、おれたち実働部隊《じつどうぶたい》が、裏門《うらもん》から学校《がっこう》に侵入《しんにゅう》する」

みんながうなずいたのを確認《かくにん》して、光一《こういち》は正門《せいもん》から裏門《うらもん》へ、そして校内《こうない》へと指《ゆび》を滑《すべ》らせる。

「次《つぎ》に、第《だい》二段階《だんかい》。警察《けいさつ》から入手《にゅうしゅ》した情報《じょうほう》をもとに、脱獄犯《だつごくはん》たちを倒《たお》していく。できるかぎり弱《よわ》い順番《じゅんばん》におびきだして、一人《ひとり》ずつ倒《たお》していくんだ」

「そんなことできるの？」

「任《まか》せてくれ」

だてに、いつも本《ほん》ばっかり読《よ》んでるわけじゃないからな。

「脱獄犯《だつごくはん》たちは、分担《ぶんたん》して校内《こうない》と警察《けいさつ》の動《うご》きを見張《みは》ってるはずだ。全員《ぜんいん》一か所《しょ》にはいない状況《じょうきょう》を利用《りよう》して、各個撃破《かっこげきは》していく。ナポレオンが得意《とくい》だった戦術《せんじゅつ》だな。できるだけ、脱獄犯《だつごくはん》に気《き》づかれないようにするのが重要《じゅうよう》だ」

光一《こういち》は、校舎全体《こうしゃぜんたい》をぐるりと一指《ひとさ》しする。

「そして、最終段階《さいしゅうだんかい》。拳銃《けんじゅう》を持《も》っているのは黒田《くろだ》だと予想《よそう》される。その黒田《くろだ》を最後《さいご》に倒《たお》して、橋本先生《もとせんせい》を解放《かいほう》する」

「どこで戦《たたか》うの？」

「黒田《くろだ》は人質《ひとじち》から離《はな》れないだろうから、決戦《けっせん》は相手《あいて》の本拠地《ほんきょち》になるはずだ。可能性《かのうせい》が高《たか》いのは、警察《けいさつ》と連絡《れんらく》がとりやすくて広《ひろ》い部屋《へや》。たぶん職員室《しょくいんしつ》か、その近辺《きんぺん》だろうな」

赤《あか》ペンで、光一《こういち》は管理棟《かんりとう》の一階《かい》に丸《まる》をつけた。

「そのあと、おれたちは入《はい》ってきたときと同《おな》じルートで脱出《だっしゅつ》する。以上《いじょう》だ」

「ふーん、結構《けっこう》カンタンそう？」

「簡単《かんたん》じゃないが、現状《げんじょう》では、これが一番確実《いちばんかくじつ》な方法《ほうほう》だと思《おも》う。もちろん、それぞれの段階《だんかい》で失《しっ》敗《ぱい》した時《とき》のサポート案《あん》も考《かんが》えてある。ただ……」

負《ま》けを認《みと》めるみたいで、ちょっと言《い》いにくいんだけど。

ずっと光一《こういち》の中《なか》にある懸案事項《けんあんじこう》。

これだけは、どう作戦《さくせん》を組《く》んでも解消《かいしょう》できなかった。

「大《おお》きな問題《もんだい》が一つある。じつは、まだメンバーが足《た》りない」

「えええ!?」

「めっちゃ大問題《だいもんだい》じゃん！」

すみれが、うさんくさそうな目《め》で光一《こういち》を見《み》つめた。

そう言《い》われても、無理《むり》なものは無理《むり》なんだって。

「クリスが加入《かにゅう》してくれたおかげで、第《だい》一段階《だんかい》はかなり楽《らく》になった。警察《けいさつ》からの情報《じょうほう》もあてにできる。でも、この三人《にん》で中《なか》に入《はい》っても、脱獄犯《だつごくはん》の四人《にん》は倒《たお》せない」

「あたしが頼《たよ》りないってこと？」

すみれが、ギッと鋭《するど》い目《め》つきで光一《こういち》をにらむ。

あ、すみれが負《ま》けず嫌《ぎら》いってこと忘《わす》れてた。

「違《ちが》う。たしかに、すみれがいれば百人力《ひゃくにんりき》なんだけど、相手《あいて》は四人《にん》だろ。もし一気《いっき》に全員《ぜんいん》と相対《あいたい》したときに、こっちの方《ほう》が少人数《しょうにんずう》だと分《ぶ》が悪《わる》すぎる。健太《けんた》は戦力《せんりょく》に……」

視線《しせん》を向《む》けると、健太《けんた》は必死《ひっし》の顔《かお》で両手《りょうて》をかざして、ぶんぶんと首《くび》を横《よこ》に振《ふ》った。

だよな。

「それに、三人《にん》だとアクシデントがあって二手《ふたて》に分《わ》かれたとき、だれかが一人《ひとり》になる。しかも、犯人《はんにん》は銃《じゅう》も持《も》ってるんだぞ」

「あたしなら一人《ひとり》でも戦《たたか》えるよ？」

「すみれみたいなタイプは、一人《ひとり》にすると危《あぶ》ないこともある。今日《きょう》も、学校《がっこう》の裏門《うらもん》で大勢《おおぜい》に押《お》さえつけられてただろ」

「むう」

「先《さき》に言《い》っておくけど、拳銃《けんじゅう》を持《も》ったやつとは絶対《ぜったい》に正面《しょうめん》から戦《たたか》うな。万《まん》が一《いち》、そんな事態《じたい》になったら、逃《に》げるか大人《おとな》しく捕《つか》まれ。いいな」

すみれは、口《くち》をとがらせると、ぷいとそっぽを向《む》いた。

光一《こういち》とすみれの顔色《かおいろ》をうかがいながら、クリスが小声《こごえ》で話《はな》をつなぐ。

「……つまり、あと一人《ひとり》は、仲間《なかま》になってくれる人《ひと》を探《さが》すことになるのね？」

「そうだな」

「じゃあさ、クラスの人《ひと》に声《こえ》をかけてみる？」

「だめだ。声《こえ》をかける人間《にんげん》は絞《しぼ》らないと、おれたちがやろうとしてることが大人《おとな》に知《し》られたら、もう作戦《さくせん》は実行《じっこう》できなくなる」

「もしさっきの風早警部《かぜはやけいぶ》になんて知《し》られたら、とんでもなく怒《おこ》られそうだもんね……」

健太《けんた》が、風早警部《かぜはやけいぶ》の迫力《はくりょく》を思《おも》いだしたのか、体《からだ》をぶるぶると震《ふる》わせた。

光一《こういち》は腕組《うでぐ》みをしながらうなる。

「だから、口《くち》が堅《かた》くて信頼《しんらい》できるやつじゃないとだめだ。できれば、運動神経《うんどうしんけい》がよかったり、道具《どうぐ》を使《つか》うのがうまかったり、そういう種類《しゅるい》のスキルに強《つよ》いとうれしいけど……」

「……そんな人《ひと》、いるかしら」

ぎくっ。

そう、じつはそれが何《なに》よりの問題《もんだい》だ。

クリスは、偶然《ぐうぜん》うちの学校《がっこう》に転校《てんこう》してきてくれたから、仲間《なかま》にすることができた。

世界一《せかいいち》のスキルを持《も》ったメンバーばっかりが、これだけ集《あつ》まっただけでも奇跡《きせき》に近《ちか》い。

こんなに貴重《きちょう》な人材《じんざい》は、常識的《じょうしきてき》に考《かんが》えればもう見《み》つからない。

「うーん。あたしは、ぱっと思《おも》いつかないかも」

「だよな……」

「え、そう？　ぼく、心当《こころあ》たりあるよ？」

「本当《ほんとう》か!?」

光一《こういち》の言葉《ことば》に、健太《けんた》は大《おお》きくうなずいた。

「運動神経《うんどうしんけい》バツグンで、しかもかっこいい、隣《となり》のクラスの風早和馬《かぜはやかずま》くん！」

「風早《かぜはや》、和馬《かずま》？」

そんなヤツ、いたっけ？

健太《けんた》が自信満々《じしんまんまん》にあげた名前《なまえ》に、光一《こういち》は首《くび》をかしげる。

風早和馬《かぜはやかずま》。風早《かぜはや》、ん？

「風早《かぜはや》って、もしかして風早警部《かぜはやけいぶ》の関係者《かんけいしゃ》か!?」

「あ、そういえば！」

健太《けんた》が、大声《おおごえ》を出《だ》して立《た》ちあがる。

「ちょっと顔《かお》が似《に》てる気《き》がするよ。前《まえ》に話《はな》したとき、お父《とう》さんが警察官《けいさつかん》って言《い》ってたし」

名前《なまえ》が思《おも》いうかんだ段階《だんかい》で、気《き》づかないところが健太《けんた》らしい。

「健太《けんた》、そんなこと聞《き》きだせたの？」

すみれは、健太《けんた》の話《はなし》を聞《き》いて、なぜか目《め》を丸《まる》くした。

「あたし、四年《ねん》の時《とき》に同《おな》じクラスだったけど、和馬《かずま》って全然自分《ぜんぜんじぶん》のこと話《はな》さないから、よく知《し》らないんだよね。運動《うんどう》もめちゃくちゃできるのに、あんまり目立《めだ》つタイプじゃなかったし」

「そうそうそう、そこなんだよ！　そこに、和馬《かずま》くんの裏《うら》の顔《かお》が隠《かく》されてるっていうかさ」

「……どういうことなの？」

目立《めだ》たないタイプと聞《き》いて興味《きょうみ》がわいたのか、クリスは健太《けんた》に熱心《ねっしん》に尋《たず》ねる。

「それがね、放送委員《ほうそういいん》で知《し》りあった女《おんな》の子《こ》が、和馬《かずま》くんと同《おな》じ幼稚園《ようちえん》に通《かよ》ってたらしいんだ。その子《こ》から聞《き》いたんだけど、和馬《かずま》くんにはすごいヒミツがあって……」

そこで、突然《とつぜん》、健太《けんた》がぐっと声《こえ》をひそめる。

その様子《ようす》がつい気《き》になって、他《ほか》の三人《にん》は自然《しぜん》と前《まえ》に顔《かお》をつめた。

健太《けんた》が、大事《だいじ》な秘密《ひみつ》を話《はな》すように押《お》し殺《ころ》した声《こえ》で叫《さけ》んだ。

「……じつは、和馬《かずま》くんは由緒正《ゆいしょただ》しい忍者《にんじゃ》の末裔《まつえい》、〈忍《しの》び〉なんだって！」

シーン――

図書館《としょかん》の閲覧室《えつらんしつ》が、一転《いってん》、静寂《せいじゃく》に包《つつ》まれる。

すみれとクリスは渋《しぶ》い顔《かお》をしながら、すっと身《み》を引《ひ》いた。

「えええ、あれ？　ここ盛《も》りあがるとこじゃない？」

「健太《けんた》ってば」

「さすがに、それはないんじゃない……？」

女子二人《じょしふたり》の冷《つめ》たい視線《しせん》に、健太《けんた》はおろおろと目《め》を泳《およ》がせる。

「そそそ、そうかなあ。ぼくはかっこいい！　って思《おも》ったんだけど……」

さすがに、それだけじゃ何《なん》とも言《い》えない。

話《はなし》をうながすように、光一《こういち》は助《たす》け船《ぶね》を出《だ》した。

「その噂《うわさ》が立《た》った根拠《こんきょ》はなんなんだ？」

「光一《こういち》は、聞《き》いてくれるんだね～」

健太《けんた》は、光一《こういち》にすがるように身《み》を乗《の》りだした。

「ええっとね、和馬《かずま》くんは昔《むかし》から運動神経《うんどうしんけい》がよくて、木《き》の上《うえ》に登《のぼ》って降《お》りられなくなった猫《ねこ》を助《たす》けたりとか、かくれんぼのときに屋根《やね》に登《のぼ》ったりとか、よくしてたんだって」

「それくらいならフツーなんじゃない？　あたしも、やってたよ」

「でも、すごいのはここからなんだよ。あるとき、和馬《かずま》くんたちは幼稚園《ようちえん》の遠足《えんそく》で電波塔《でんぱとう》のあるテレビ局《きょく》に行《い》ったんだって。そしたら、係《かかり》のお姉《ねえ》さんからもらった風船《ふうせん》を、一人《ひとり》の女《おんな》の子《こ》がうっかり放《はな》しちゃって。それが電波塔《でんぱとう》のアンテナに、引《ひ》っかかっちゃったんだ」

「まさか……」

「そのまさかだよ！　和馬《かずま》くんは、ひょいひょいって電波塔《でんぱとう》を登《のぼ》って、その風船《ふうせん》を取《と》りにいっちゃったらしいんだ！」

「作《つく》り話《ばなし》……じゃないの？」

「その女《おんな》の子《こ》以外《いがい》にも、見《み》たっていう子《こ》は何人《なんにん》もいたらしいよ。先生《せんせい》も、目《め》の前《まえ》で起《お》きたことが信《しん》じられなかったみたい。危《あぶ》ないからやめなさいって止《と》める前《まえ》に、和馬《かずま》くんは風船《ふうせん》を取《と》って戻《もど》ってきちゃったんだって。その後《あと》は、いくら頼《たの》んでも、そういうことはやってくれなくなっちゃったみたいだけど。どう、すごいでしょ！」

「すごいじゃん！　って、健太《けんた》が自慢《じまん》してどうするのよ」

「あはは、ついさあ。ほら、すみれが認《みと》めるくらいの運動神経《うんどうしんけい》があるのに目立《めだ》たないっていうのも、いかにも忍《しの》びっぽいでしょ？　ねえ、どう？　光一《こういち》」

「そうだな……」

光一《こういち》は、あごに手《て》を当《あ》てて考《かんが》えこむ。

忍《しの》びかどうかは確信《かくしん》が持《も》てないけど、これ以上最適《いじょうさいてき》なやつはいない。

口《くち》が堅《かた》くて、寡黙《かもく》で、控《ひか》えめ。しかも運動神経《うんどうしんけい》バツグンなら言《い》うことない。

たしかに、こうやって特徴《とくちょう》をまとめてみると、なんだか忍《しの》びっぽいな……。

それに、さっきの話《はなし》が本当《ほんとう》なら。

「――よし、風早《かぜはや》の勧誘《かんゆう》に行《い》こう」

光一《こういち》はそう言《い》うと、イスから立《た》ちあがる。手早《てばや》く図面《ずめん》をたたみ直《なお》した。

「健太《けんた》の話《はなし》、信《しん》じるの!?」

「『火《ひ》のないところに煙《けむり》は立《た》たぬ』っていうしな」

光一《こういち》は、すたすたと閲覧室《えつらんしつ》の出入《でい》り口《ぐち》へと急《いそ》ぐ。他《ほか》の三人《にん》もあわてて荷物《にもつ》をまとめはじめた。

あ、いいことを思《おも》いついた。

閲覧室《えつらんしつ》を出《で》ようとしたところで、ぴたりと光一《こういち》は足《あし》を止《と》める。突然《とつぜん》、きびすを返《かえ》して、書棚《しょだな》が並《なら》ぶ通路《つうろ》へと足早《あしばや》に歩《ある》きはじめた。

「光一《こういち》、どうしたの？」

「ちょっと待《ま》っててくれ」

この都立図書館《とりつとしょかん》は、光一《こういち》にとって庭《にわ》みたいなものだ。光一《こういち》は案内板《あんないばん》も見《み》ずに、本棚《ほんだな》の間《あいだ》を縫《ぬ》って歩《ある》く。

目当《めあ》ての棚《たな》までやってくると、迷《まよ》いなく一冊《さつ》の本《ほん》を引《ひ》きぬいた。

「せっかくだから、忍《しの》びの正体《しょうたい》を暴《あば》いてみるか」

ま、少《すこ》しズルい方法《ほうほう》にはなるけど。

光一《こういち》はちょっと意地悪《いじわる》く笑《わら》いながら、軽《かる》い足《あし》どりで貸出《かしだし》カウンターに向《む》かったのだった。

★9 和馬《かずま》は最強《さいきょう》？　最弱《さいじゃく》!?

「ここか」

光一《こういち》は、きれいな白壁《しらかべ》の家《いえ》を、門扉越《もんぴご》しにじっと見上《みあ》げた。

どこにでもある普通《ふつう》の一軒家《いっけんや》だ。玄関《げんかん》の入《い》り口《ぐち》には、チューリップやパンジーなど、春《はる》の花《はな》が咲《さ》いたプランターがきれいに並《なら》べられている。

頭《あたま》の後《うし》ろで手《て》を組《く》んだすみれが、拍子抜《ひょうしぬ》けしたようにぼそりと言《い》った。

「ホントにここが和馬《かずま》の家《いえ》？　全然《ぜんぜん》、忍《しの》びってカンジしないけど」

光一《こういち》は、家《いえ》の塀《へい》にはめこまれたステンレス製《せい》の表札《ひょうさつ》を見《み》る。そこにはアルファベットで〈KA《カ》ZE《ゼ》HA《ハ》YA《ヤ》〉と入《はい》っていた。

健太《けんた》はその表札《ひょうさつ》を何度《なんど》も見直《みなお》しながら、首《くび》をひねった。

「ぼくが思《おも》ってたイメージとも違《ちが》うなあ。光一《こういち》、ほんとのところ、忍《しの》びってなんなの？」

「忍《しの》びとは、古《ふる》くは飛鳥時代《あすかじだい》から江戸時代《えどじだい》まで、諜報活動《ちょうほうかつどう》や暗殺《あんさつ》などを行《おこな》っていた人《ひと》たちのことだ。江戸時代《えどじだい》に書《か》かれた、日本語《にほんご》をポルトガル語《ご》で解説《かいせつ》した辞典《じてん》、『日葡辞書《にっぽじしょ》』にも『忍《しの》び』という項目《こうもく》があるから、実在《じつざい》していたのはほぼ間違《まちが》いない」

「へえ、ただの作《つく》り話《ばなし》じゃないんだね」

「多《おお》くは、大名《だいみょう》や領主《りょうしゅ》などの有力者《ゆうりょくしゃ》に仕《つか》えて……って、すみれ！」

気《き》がつくと、すみれは門扉《もんぴ》を開《あ》け、玄関先《げんかんさき》でインターホンを押《お》していた。

「だって、光一《こういち》の説明《せつめい》って長《なが》いんだもん。そういうのは、本人《ほんにん》に聞《き》けばいいでしょ？」

光一《こういち》は、ため息《いき》をつきながら中《なか》に入《はい》る。その後《うし》ろに、健太《けんた》とクリスが続《つづ》いた。

「今《いま》は、忍《しの》びの人《ひと》たちはどうしてるの？」

「それについては、いろいろな説《せつ》がある。その特技《とくぎ》を生《い》かして警察官《けいさつかん》やスパイになったとも言《い》われてるな」

「お父《とう》さんが警察官《けいさつかん》の和馬《かずま》くんは、やっぱり忍《しの》びっぽいってことだね」

ガチャリ
受話器《じゅわき》を取《と》る音《おと》が、あたりに響《ひび》いた。

「……どちら様《さま》ですか？」

スピーカーの向《む》こうから聞《き》こえる、落《お》ちついた声《こえ》。でも、大人《おとな》のものじゃない。

光一《こういち》がこくりとうなずいて見《み》せると、健太《けんた》はインターホンのマイクの前《まえ》に立《た》った。

「和馬《かずま》くん？　ぼく、健太《けんた》だよ。四年生《ねんせい》のときに同《おな》じクラスだった――」

「健太《けんた》？　健太《けんた》がなんでうちに」

「えっと、和馬《かずま》くんに大事《だいじ》な話《はなし》があって来《き》たんだ。出《で》てきてもらえると、助《たす》かるんだけどっ」

「……わかった」

そっけない返事《へんじ》とともに、インターホンが切《き》れる。すぐに、玄関《げんかん》のドアがかすかに開《ひら》いた。

すき間《ま》から、怪《あや》しがる表情《ひょうじょう》の和馬《かずま》が少《すこ》しだけ顔《かお》を出《だ》す。

黒《くろ》いT《ティー》シャツに、ジーパン。小《しょう》六にしては背《せ》の高《たか》い体《からだ》は、鍛《きた》えているのか引《ひ》きしまっていて、ちょっと大人《おとな》っぽく見《み》える。

和馬《かずま》は、健太《けんた》の奥《おく》にいる三人《にん》を見《み》て、ますます疑《うたが》わしそうに鋭《するど》い目《め》つきになった。

「えっと、その……」

「おれが健太《けんた》に頼《たの》んだんだ。風早《かぜはや》と話《はなし》がしたいって」

光一《こういち》は、口《くち》ごもる健太《けんた》の前《まえ》に出《で》た。

あいさつは、最初《さいしょ》が肝心《かんじん》だ。

「おれは――」

「隣《となり》のクラスの徳川光一《とくがわこういち》だろう。女子《じょし》がよく騒《さわ》いでるから、知《し》ってる」

騒《さわ》いでるって……おれ、何《なに》かしたか？

「光一《こういち》って、イケメンだから結構女子《けっこうじょし》に人気《にんき》があるもんね。隣《となり》のクラスでも騒《さわ》がれてるんだ」

「みんな、声《こえ》をかける勇気《ゆうき》はないけど、遠《とお》くからじっと見《み》てるって感《かん》じだもんねえ……いいなあ、ぼくもモテたい！」

うっ、すみれと健太《けんた》がいると話《はなし》が進《すす》まない！

頭《あたま》を抱《かか》えたものの、光一《こういち》は気《き》を取《と》りなおして和馬《かずま》に向《む》きなおった。

「風早《かぜはや》は、学校《がっこう》で起《お》きてる立《た》てこもり事件《じけん》のことは、もちろん知《し》ってるよな？　司書《ししょ》の橋本先生《はしもとせんせい》が人質《ひとじち》にされてることも」

「ああ」

「おれたちは、警察《けいさつ》が突入《とつにゅう》するよりも先《さき》に学校《がっこう》に侵入《しんにゅう》して、先生《せんせい》を助《たす》ける計画《けいかく》を立《た》ててる」

光一《こういち》がそう言《い》った瞬間《しゅんかん》、和馬《かずま》の眉《まゆ》がぴくりと動《うご》いた。

「……それで？」

「風早《かぜはや》に、協力《きょうりょく》してほしい。おれ、知《し》ってるんだ。風早《かぜはや》の家《いえ》が代々忍《だいだいしの》びの家系《かけい》で、風早《かぜはや》も現役《げんえき》の忍《しの》びだってこと」

光一《こういち》の背後《はいご》で、三人《にん》がごくりと息《いき》をのむ。

和馬《かずま》は、一瞬口《いっしゅんくち》を開《あ》けたものの、すぐにさっきまでの無表情《むひょうじょう》に戻《もど》った。

「忍《しの》びなんて信《しん》じてるのか？　〈世界一《せかいいち》の天才少年《てんさいしょうねん》〉の言葉《ことば》とは思《おも》えないな」

和馬《かずま》は興味《きょうみ》をなくしたように、ついと光一《こういち》から目《め》をそらす。

まあ、そう来《く》るだろうと思《おも》ってたよ。そっちがその気《き》なら……。

「おれも、最初《さいしょ》に健太《けんた》から聞《き》いたときは半信半疑《はんしんはんぎ》だった。でも、〈世界一《せかいいち》の天才少年《てんさいしょうねん》〉としては、真偽《しんぎ》のほどが気《き》になったから、図書館《としょかん》でちょっと調《しら》べてみたんだ」

光一《こういち》はそう言《い》いながら、何食《なにく》わぬ顔《かお》でバッグから一冊《さつ》の本《ほん》を取《と》りだす。タイトルが見《み》えるように、和馬《かずま》の前《まえ》にしっかりと掲《かか》げてみせた。

さっき図書館《としょかん》で借《か》りてきたばかりのその本《ほん》は、大型《おおがた》でかなりの厚《あつ》みがある。

和馬《かずま》は眉間《みけん》にしわを寄《よ》せながら、タイトルをのぞきこんだ。

「『忍者大事典《にんじゃだいじてん》』？」

「三時間《じかん》もかけたかいがあった。やっと見《み》つけたこれに、風早家《かざはやけ》のことがしっかり載《の》ってたからな。戦国時代《せんごくじだい》よりももっと前《まえ》から続《つづ》く、由緒《ゆいしょ》ある忍《しの》びの家系《かけい》なんだろ」

光一《こういち》はぺらぺらと、よどみなく一息《ひといき》に言《い》いきった。

じつは、全部嘘《ぜんぶうそ》だ。そんなこと全然調《ぜんぜんしら》べていない。図書館《としょかん》で本《ほん》を借《か》りたっていうのは正《ただ》しいけれど、ただ忍者《にんじゃ》に関連《かんれん》する本《ほん》の中《なか》で、一番古《いちばんふる》そうでくわしそうで、難解《なんかい》なものを選《えら》んで借《か》りてきただけ。

でも、はったりをかますにはそれで十分《じゅうぶん》だ。

春休《はるやす》みに借《か》りた、交渉術《こうしょうじゅつ》の本《ほん》に載《の》ってた。

交渉術《こうしょうじゅつ》、その一。『人《ひと》を説得《せっとく》するときは、自信《じしん》と余裕《よゆう》を見《み》せること』。

……こういう使《つか》い方《かた》は、あんまりほめられたものじゃないけど。

「今《いま》ここで、暗唱《あんしょう》しようか。たしか、この本《ほん》の２４８ページに……」

「そんなはずはない！」

途端《とたん》に、和馬《かずま》は口《くち》を開《ひら》いた。

「うちのことは、本《ほん》に載《の》せないように徹底《てってい》してるはずで――」

「ってことは、風早《かぜはや》は自分《じぶん》が忍《しの》びって認《みと》めるんだよな」

「なに!?」

すっかりポーカーフェイスを崩《くず》した和馬《かずま》は、怒《いか》りで顔《かお》を赤《あか》くした。

「はっ……はめたな!?」

うっ、ちょっと心《こころ》が痛《いた》む。

光一《こういち》は笑《え》みを引《ひ》っこめると、一行《ぎょう》も読《よ》んでいない本《ほん》をバッグにしまった。

「だまして悪《わる》かった。でも、あまりにもガードがゆるすぎじゃないか？」

「オレは忍《しの》びでも陰忍《かげにん》で、隠密行動《おんみつこうどう》が専門《せんもん》だから、話術《わじゅつ》は得意《とくい》じゃないんだっ……！」

「ごめん、和馬《かずま》くん！　まさか、ぼくも光一《こういち》が和馬《かずま》くんを引《ひ》っかけるつもりだったなんて、知《し》らなくて」

「べつに、健太《けんた》を責《せ》めてるわけじゃない。ただ……こんなことに引《ひ》っかかった自分《じぶん》が、情《なさ》けないだけだ」

和馬《かずま》は渋《しぶ》い表情《ひょうじょう》で、光一《こういち》をにらんだ。その視《し》線《せん》は、だれでも思《おも》わずたじろぐほど鋭《するど》い。

「それで、オレが忍《しの》びだと知《し》って、先生《せんせい》を救出《きゅうしゅつ》する作戦《さくせん》に協力《きょうりょく》させようっていうことか」

和馬《かずま》の問《と》いに、光一《こういち》は真剣《しんけん》な表情《ひょうじょう》でうなずいた。

「今《いま》、集《あつ》まってるメンバーは、一人《ひとり》ひとりがものすごいスキルを持《も》ってる。だけど、先生《せんせい》を助《たす》けだすためには、どうやってもこの四人《にん》じゃ足《た》りないんだ」

「五人集《にんあつ》まったところで、なにができるっていうんだ」

「風早《かぜはや》が仲間《なかま》になってくれれば──絶対《ぜったい》に先生《せんせい》を無傷《むきず》で助《たす》けだせる」

風早家《かぜはやけ》の玄関《げんかん》が、嘘《うそ》のようにしんと静《しず》まりかえった。

光一《こういち》と和馬《かずま》、二人《ふたり》の視線《しせん》が正面《しょうめん》から重《かさ》なる。

すみれ、健太《けんた》、クリスがかたずをのんで見守《みまも》り──。

次《つぎ》の瞬間《しゅんかん》。

「──断《ことわ》る！」

和馬《かずま》が目《め》にも留《と》まらぬ速《はや》さで、扉《とびら》の取《と》っ手《て》を持《も》ちなおした。

半開《はんびら》きだったドアが、今《いま》にも閉《し》まりかける。

逃《に》がすか！

光一《こういち》とすみれは、ばっといっせいに閉《し》まりかけのドアに飛《と》びついた。

「ちょっとつ、和馬《かずま》。逃《に》げないでよ！」

「その特殊技能《とくしゅぎのう》、使《つか》わないと宝《たから》の持《も》ち腐《ぐさ》れだろ!?　手伝《てつだ》えって！」

「だれが手伝《てつだ》うかっ。そんな危《あぶ》ないこと！」

和馬《かずま》が、ギリギリとドアを引《ひ》く手《て》に力《ちから》をこめるのを見《み》て、健太《けんた》も慌《あわ》てて加勢《かせい》に入《はい》る。

ドアを外側《そとがわ》へ引《ひ》っぱりながら、光一《こういち》はすき間《ま》から和馬《かずま》をのぞきこんだ。

「風早《かざはや》は、先生《せんせい》のことが心配《しんぱい》じゃないのか!?」

「……それは、オレだって心配《しんぱい》だ。でも、こういう事件《じけん》には関《かか》わらないことにしてるんだ。下手《へた》なことをして、正体《しょうたい》がバレるわけにはいかない！」

「そんなこと言《い》わないで、いっしょに戦《たたか》ってよ！　和馬《かずま》くん～」

「忍《しの》びは、依頼《いらい》を受《う》けて仕事《しごと》をするんだ。自分《じぶん》から事件《じけん》に顔《かお》を突《つ》っこむものじゃない！」

和馬《かずま》が、さらに強《つよ》い力《ちから》でドアを引《ひ》く。三人《にん》の足《あし》が、ずるずると玄関《げんかん》の上《うえ》を滑《すべ》った。

「ちょ、ちょっと……そんなに強《つよ》く引《ひ》っぱりあってたら、壊《こわ》れ……」

クリスは、加勢《かせい》するべきか止《と》めるべきか迷《まよ》って、右往左往《うおうさおう》する。

「とにかく、早《はや》くドアを放《はな》せ！　でないと」

「でないと、何《なに》が起《お》きるの？　和馬《かずま》」

扉《とびら》の奥《おく》——和馬《かずま》の背後《はいご》から、か細《ぼそ》い声《こえ》が聞《き》こえる。

その瞬間《しゅんかん》、ドアを閉《し》めようと引《ひ》っぱっていた力《ちから》がふっと消《き》えた。

「わあ！」

全力《ぜんりょく》でドアを外《そと》に引《ひ》っぱっていた光一《こういち》とすみれは、もんどりうって後《うし》ろにしりもちをついた。

健太《けんた》なんか、着地《ちゃくち》に失敗《しっぱい》してごろんと転《ころ》がったかと思《おも》うと、芝居《しばい》がかった動《うご》きでばったりと玄関《げんかん》に倒《たお》れる。

「つたた、何《なん》だよ急《きゅう》に」

痛《いた》みに顔《かお》をしかめながら、光一《こういち》はドアの奥《おく》に目《め》をやる。

気《き》がつくと、セーラー服《ふく》を着《き》た、きれいな女《おんな》の人《ひと》が立《た》っていた。

10 信《しん》じる理由《りゆう》

高校生《こうこうせい》だろうか、長《なが》いストレートの黒髪《くろかみ》が印象的《いんしょうてき》なその人《ひと》は、光一《こういち》を黙《だま》って見《み》つめている。

涼《すず》やかな目元《めもと》が和馬《かずま》とそっくりだ。

「……美雪姉《みゆきねえ》さん」

なぜか、さっきまで意地《いじ》になってドアを閉《し》めようとしていた和馬《かずま》が、すっかりたじろいでいた。

「すごい美人《びじん》！　もしかして、和馬《かずま》のお姉《ねえ》さん？」

「ふふ、ありがとう。和馬《かずま》のお友達《ともだち》よね。こんなところにいないで、中《なか》にあがったら？」

美雪《みゆき》は、おしとやかな動《うご》きで玄関《げんかん》に降《お》りたつと、にっこりとすみれにほほ笑《え》みかけた。

「違《ちが》うんだ、姉《ねえ》さん。オレたちは別《べつ》に友達《ともだち》じゃなくて――」

「そう、あたしたち仲《なか》のいい友達《ともだち》なんです！　和馬《かずま》くんの正体《しょうたい》が忍《しの》びだって知《し》ってるくらい」

「あら、そうなの」

すみれの言葉《ことば》に、美雪《みゆき》はすっと目《め》を細《ほそ》める。

これは、チャンスだ！

交渉術《こうしょうじゅつ》、その二。『人《ひと》を説得《せっとく》するときは、まず相手《あいて》の味方《みかた》から』。

和馬《かずま》の説得《せっとく》が難《むずか》しいなら、まずは和馬《かずま》の姉《ねえ》さんから説得《せっとく》する。

理由《りゆう》はわからないけど、美雪《みゆき》さんが来《き》てから和馬《かずま》が逃《に》げ腰《ごし》になってる気《き》がするし。

光一《こういち》は、すみれの横《よこ》に並《なら》んで、美雪《みゆき》に向《む》かいあった。

「じつは、和馬《かずま》くんにお願《ねが》いがあって来《き》たんです。今《いま》、三ツ谷小《みつやしょう》で大変《たいへん》な事件《じけん》が起《お》きてるじゃないですか」

「脱獄犯《だつごくはん》が立《た》てこもってる事件《じけん》のこと？　先生《せんせい》が人質《ひとじち》になっているし、心配《しんぱい》よね」

「そうなんです。だから、おれたちで先生《せんせい》を助《たす》けだそうって、計画《けいかく》していて。それで、和馬《かずま》くんに協力《きょうりょく》を頼《たの》んだんですけど、断《ことわ》られてしまって」

よし、ここで残念《ざんねん》そうに肩《かた》を落《お》として……。

光一《こういち》が、下《した》を向《む》こうとした瞬間《しゅんかん》、耳元《みみもと》で、ひゅっと小《ちい》さな音《おと》がした。

驚《おどろ》いて顔《かお》を上《あ》げると、いつの間《ま》にか、美雪《みゆき》の手元《てもと》には荒縄《あらなわ》がしっかりとにぎられている。

一体《いったい》、セーラー服《ふく》のどこから出《だ》したんだ!?

美雪《みゆき》のほほ笑《え》みは、さっきまでのおだやかなものとはうってかわって、有無《うむ》を言《い》わさぬ迫力《はくりょく》を備《そな》えていた。

……なんか和馬《かずま》より、風早警部《かぜはやけいぶ》と似《に》た威圧感《いあつかん》があるな。

「それ、本当《ほんとう》なの？　和馬《かずま》」

「いや、その……」

和馬《かずま》が、じりじりと後《あと》ずさる。突然《とつぜん》、ぱっと方向転換《ほうこうてんかん》をして外《そと》へと駆《か》けだした。

「あっ、逃《に》げた」

「待《ま》ちなさいっ！」

美雪《みゆき》が右手《みぎて》を振《ふ》りおろすと、縄《なわ》がヘビのようにしなやかに動《うご》く。和馬《かずま》の足《あし》に、見事《みごと》にからみついた。

和馬《かずま》は、前転跳《ぜんてんと》びで転倒《てんとう》を免《まぬが》れたものの、着地《ちゃくち》した瞬間《しゅんかん》、ずるずると美雪《みゆき》に足《あし》を引《ひ》っぱられていく。すみれが感心《かんしん》して、頭上《ずじょう》で拍手《はくしゅ》を送《おく》った。

「すごい！」

「毎日訓練《まいにちくんれん》すれば、できるようになるわよ。本当《ほんとう》は和馬《かずま》の方《ほう》が強《つよ》いんだけど、わたしは和馬《かずま》が小《ちい》さいころからずっと見《み》ているから、なんとなく動《うご》きが読《よ》めるのよね」

そう言《い》いながら、美雪《みゆき》は涼《すず》しい顔《かお》で縄《なわ》を巻《ま》きとっていく。

えげつない……。

「和馬《かずま》は、うちの流派《りゅうは》の中《なか》ではトップクラスの腕前《うでまえ》で、忍《しの》びの大会《たいかい》でも毎年優勝《まいとしゆうしょう》しているの。〈世界一《せかいいち》の忍《しの》び小学生《しょうがくせい》〉って言《い》ってもいいくらい、実力《じつりょく》は折《お》り紙付《がみつ》きなんだけど……あら」

美雪《みゆき》が、縄《なわ》を巻《ま》きおわる。けれど、いつの間《ま》に脱出《だっしゅつ》したのか、和馬《かずま》は美雪《みゆき》から少《すこ》し離《はな》れた位置《いち》に立《た》っていた。

あれから抜《ぬ》けだせるなんて、和馬《かずま》の腕《うで》は本物《ほんもの》みたいだな。

「いい機会《きかい》だわ。和馬《かずま》、みんなに協力《きょうりょく》してきなさいよ」

「嫌《いや》だ。忍《しの》びの技術《ぎじゅつ》は、個人的《こじんてき》な理由《りゆう》で使《つか》っていいものじゃない」

「それなら、実地訓練《じっちくんれん》、ってことにしたら？　お父《とう》さんとお母《かあ》さんは、わたしがうまいこと、ごまかしておいてあげるから」

美雪《みゆき》はセーラー服《ふく》の襟《えり》に縄《なわ》をしまいながら言《い》った。

あれは、そんなところから出《で》てきたのか!?

「無理《むり》だ。オレは、徳川《とくがわ》のことをほとんど知《し》らない。悪《わる》いやつじゃないとは思《おも》うが、すぐには信《しん》用《よう》できない」

「当然《とうぜん》だな」

光一《こういち》はウエストポーチから、さっき図書館《としょかん》で書《か》きこみを入《い》れた図面《ずめん》を取《と》りだす。和馬《かずま》に向《む》かって、静《しず》かに差《さ》しだした。

「この中《なか》に、おれたちが考《かんが》えた作戦《さくせん》が全部《ぜんぶ》書《か》いてある。これを読《よ》んで、判断《はんだん》してくれ。あまりに無茶《むちゃ》でひどい作戦《さくせん》だと思《おも》ったら、風早警部《かぜはやけいぶ》に話《はな》して止《と》めに来《き》てもかまわない」

光一《こういち》は、和馬《かずま》に向《む》かって一歩踏《ぽふ》みだす。

「でも、もしいけると思《おも》ったら、協力《きょうりょく》してほしいんだ。どうするかは風早《かぜはや》が決《き》めてくれ」

「徳川《とくがわ》くん、それでいいの……？」

クリスが不安《ふあん》そうに光一《こういち》を見上《みあ》げる。けれど、その視線《しせん》をあえて無視《むし》して、光一《こういち》は、じっと和《かず》馬《ま》だけを見《み》つめた。

全然《ぜんぜん》いいわけない。

でも、これは賭《か》けだ。これくらいの誠意《せいい》を見《み》せないと、きっと和馬《かずま》は動《うご》かない。

交渉術《こうしょうじゅつ》、その三。『相手《あいて》のために、最大限《さいだいげん》の誠意《せいい》を見《み》せること』。

これでなんとか、説得《せっとく》できればいいけど。

和馬《かずま》は光一《こういち》から視線《しせん》をそらして、ついと横《よこ》を向《む》いた。

「オレだって、橋本先生《はしもとせんせい》も……それに父《とう》さんも心配《しんぱい》だ。だからって、父《とう》さんのために先生《せんせい》の救出《きゅうしゅつ》に行《い》けば、もし失敗《しっぱい》したときにめいわくがかかる」

「だからこそ、これを読《よ》んで判断《はんだん》してほしいんだ」

光一《こういち》は、和馬《かずま》の手《て》に見取《みと》り図《ず》を押《お》しつける。和馬《かずま》は、閉《と》じたままの図面《ずめん》をじっと見《み》つめた。

「協力《きょうりょく》するって言《い》ったあとに、裏《うら》で父《とう》さんに連絡《れんらく》するかもしれないぞ」

「おれは、風早《かざはや》がそういうことをするやつだとは思《おも》わない」

「そんなこと、ただの直感《ちょっかん》で――」

「ちょっと、みんな見《み》て！」

クリスが、手《て》に持《も》っていたスマホを指《ゆび》さす。光一《こういち》は、横《よこ》からのぞきこんで、すばやく画面《がめん》の文《も》字《じ》を目《め》で追《お》った。

『脱獄犯《だつごくはん》立《た》てこもり事件《じけん》、今夜《こんや》にも機動隊突入《きどうたいとつにゅう》か？

三ツ谷小学校《みつやしょうがっこう》で起《お》こっている立《た》てこもり事件《じけん》について、警察《けいさつ》は早期解決《そうきかいけつ》を目指《めざ》し、早《はや》くも機動《きどう》隊《たい》を突入《とつにゅう》させる準備《じゅんび》を始《はじ》めているようだ。』

「脱獄犯《だつごくはん》が提示《ていじ》した交渉期限《こうしょうきげん》は明朝《みょうちょう》。その前《まえ》に、警察《けいさつ》は機動隊《きどうたい》を突入《とつにゅう》させる見込《みこ》み、って……」

「まずいな。先《さき》に機動隊《きどうたい》に突入《とつにゅう》されたら、作戦全《さくせんすべ》てが無駄《むだ》になる」

機動隊《きどうたい》が突入《とつにゅう》すると、人質《ひとじち》の橋本先生《はしもとせんせい》が盾《たて》にされたり、銃撃戦《じゅうげきせん》に巻《ま》きこまれたりして、危険《きけん》になってしまう。だから、その前《まえ》に橋本先生《はしもとせんせい》を助《たす》けださないといけないのに。

こうしちゃいられない。

光一《こういち》は、さっと和馬《かずま》に背《せ》を向《む》けると、地面《じめん》にへばりついたままの健太《けんた》に近《ちか》づいた。

「風早《かぜはや》、おれたちは今日《きょう》の夜《よる》に作戦《さくせん》を決行《けっこう》する。もし協力《きょうりょく》してくれるなら、学校近《がっこうちか》くの公園《こうえん》に来《き》てくれ」

「徳川《とくがわ》は、なんでそんなにオレを信《しん》じるんだ」

「……健太《けんた》から、幼稚園《ようちえん》のころの話《はなし》を聞《き》いたときに、そう思《おも》ったんだ」

「へ？　ぼく？」

光一《こういち》は、健太《けんた》の手《て》をつかんで、力強《ちからづよ》く引《ひ》きあげる。

「前に、風早《かぜはや》は、困《こま》ってる人《ひと》を助《たす》けたんだろ？　それだけって思《おも》うかもしれないけど、悪《わる》いやつじゃないって、仲間《なかま》にしたいと思《おも》ったんだ」

もう玄関《げんかん》を振《ふ》りかえらずに、光一《こういち》は敷地《しきち》から道路《どうろ》に出《で》る。ふと足元《あしもと》を見《み》おろすと、夕日《ゆうひ》で影《かげ》が長《なが》く伸《の》びはじめていた。

11 救出作戦《きゅうしゅつさくせん》、始動《しどう》！

「さあ、みんな。たくさん食《た》べてね」

光一《こういち》の母《はは》、久美《くみ》が割烹着姿《かっぽうぎすがた》でお盆《ぼん》から大皿《おおざら》を下《お》ろす。

エビの天《てん》ぷら、寿司《すし》に、刺身《さしみ》のサラダ。鶏《とり》のからあげに、お吸《す》い物《もの》に――。

テーブルの上《うえ》は、久美《くみ》の得意料理《とくいりょうり》でいっぱい。

徳川家《とくがわけ》は和食《わしょく》が基本《きほん》だけど、今日《きょう》は来客《らいきゃく》があるからかいつも以上《いじょう》にバラエティ豊《ゆた》かだ。

でも、多《おお》すぎるような……。

小皿《こざら》を準備《じゅんび》しおえると、光一《こういち》は眉《まゆ》を下《さ》げながら自分《じぶん》のイスに座《すわ》った。

「母《かあ》さん、ちょっと作《つく》りすぎなんじゃないか？」

困惑顔《こんわくがお》の光一《こういち》に、割烹着《かっぽうぎ》を脱《ぬ》いで和服姿《わふくすがた》に戻《もど》った久美《くみ》が、口元《くちもと》を手《て》で隠《かく》しながらほほ笑《え》んだ。

「だって、今日《きょう》はたくさんお友達《ともだち》が来《き》てくれたから、うれしくなっちゃって。みんなの好《す》きなものがあるといいんだけど。ほら、冷《さ》める前《まえ》にどうぞ」

おだやかに笑《わら》う久美《くみ》の言葉《ことば》を合図《あいず》に、お茶《ちゃ》を配《くば》っていたすみれが、ばたばたと光一《こういち》の横《よこ》に座《すわ》る。すみれの向《む》かいにクリス、その横《よこ》に健太《けんた》が腰《こし》を下《お》ろした。

「それじゃ、いっただきまーす！」

「いただきます」

「どれから食《た》べるか迷《まよ》っちゃうね！　あっ、からあげもあるよ！」

「いただきます……」

どれを取《と》るか迷《まよ》っているクリスをよそに、すみれと健太《けんた》がわれ先《さき》にと、片《かた》っぱしから自分《じぶん》の皿《さら》に料理《りょうり》を確保《かくほ》していく。

二人《ふたり》とも、目《め》が本気《ほんき》だ。

すみれは大口《おおぐち》を開《あ》けて、からあげをひょいと放《ほう》りこむ。口《くち》を動《うご》かしながら、へらあっと相好《そうごう》を崩《くず》した。

「めちゃくちゃおいしいっ。朝《あさ》も夜《よる》も久美《くみ》さんのご飯《はん》が食《た》べられるなんて、超《ちょう》ラッキー！」

「おいしい！　この衣《ころも》、お店《みせ》で作《つく》ったみたいにサクサクだよ。外《そと》はパリッと、でも中《なか》からじゅわっと、肉汁《にくじゅう》があふれ出《だ》して、はしが止《と》まらないよ〜。さあ、あなたもぜひ味《あじ》わってみてください！　一度《いちど》食《た》べたら、やみつきになりますよ〜」

すみれのやつ、これに味《あじ》をしめて毎日通《まいにちかよ》ってきたりしないだろうな。

それに健太《けんた》は、なんでグルメレポーターみたいになってるんだ。

「まだまだあるから、ゆっくり食《た》べてね。そう、デザートのタルトもあるのよ。あとで、アイスといっしょに出《だ》してあげるわね」

久美《くみ》の言葉《ことば》に、テーブルから二人《ふたり》の歓声《かんせい》が上《あ》がる。もちろん、すみれと健太《けんた》だ。

クリスは、恐縮《きょうしゅく》して体《からだ》を小《ちい》さくしながら、一番近《いちばんちか》くにあった白和《しらあ》えをゆっくりと口《くち》に運《はこ》んだ。

「……おいしい！　ほうれん草《そう》じゃなくて、春菊《しゅんぎく》の白和《しらあ》え……？　でも、ふつうのものとちょっと違《ちが》う。甘味《あまみ》があるし、もしかしてナッツも入《はい》っていますか？」

「あら、クリスちゃん。そんなところに気《き》づいてくれるなんて、うれしいわ。光一《こういち》は気《き》づいてても、あんまり言《い》ってくれないし」

「すみません。突然来《とつぜんき》て、こんなにいろいろしていただいて」

「いいのよ。光一《こういち》ってあんまりお友達《ともだち》を連《つ》れてこないから、またいつでも遊《あそ》びにいらっしゃい」

……その言《い》い方《かた》だとまるで、おれに友達《ともだち》が少《すく》ないみたいじゃないか。

光一《こういち》は目《め》を細《ほそ》めながら、いつの間《ま》にか半分《はんぶん》まで減《へ》っていたアジの南蛮漬《なんばんづ》けを確保《かくほ》する。

「えっ、光一《こういち》それから食《た》べるの？　しぶっ！」

「おれは和食党《わしょくとう》なんだよ。すみれも、好《す》きなもんばっかり取《と》ってないで……」

って、もう全部《ぜんぶ》の皿《さら》を、一口以上食《ひとくちいじょうた》べおえてる。

「それじゃあ、健太《けんた》くんの部屋《へや》と、すみれちゃんとクリスちゃんの部屋《へや》を、客間《きゃくま》に準備《じゅんび》してくるわね。お代《か》わりは光一《こういち》がよそってあげて」

久美《くみ》がダイニングを出《で》ていくと、すみれは口《くち》をもぐもぐと動《うご》かしつづけながら、いたずらっ子《こ》みたいに笑《わら》った。

「よかったね。久美《くみ》さんにバレてないみたいで」

和馬《かずま》の家《いえ》をあとにして、それから。

機動隊《きどうたい》が突入《とつにゅう》の準備《じゅんび》を始《はじ》めていると知《し》ると、光一《こういち》はすぐに最初《さいしょ》の指令《しれい》を出《だ》した。それは、『徳《とく》川家《がわけ》での泊《と》まりこみの勉強会《べんきょうかい》に、参加《さんか》する許可《きょか》をもらってくること』だった。

徳川家《とくがわけ》にいったん集合《しゅうごう》して、勉強会《べんきょうかい》の振《ふ》りをしながら作戦決行《さくせんけっこう》の準備《じゅんび》を進《すす》める。光一《こういち》の母《はは》、久《く》美《み》が寝静《ねしず》まるのを待《ま》って出発《しゅっぱつ》する作戦《さくせん》だ。

「それにしても、いい考《かんが》えだったね、光一《こういち》。ぼくとすみれの宿題《しゅくだい》を終《お》わらせるため、転校生《てんこうせい》のクリスにいろいろ教《おし》えてあげるためっていう二つの理由《りゆう》にすれば、許《ゆる》してもらいやすいって」

「久美《くみ》さんに電話《でんわ》までかけさせるなんて、思《おも》わなかったけど」

「こんなときだから、保護者《ほごしゃ》の連絡《れんらく》くらいないとOK《オーケー》がでないと思《おも》ったんだ。あまり時間《じかん》も残《のこ》ってないから、できるだけしっかり準備《じゅんび》をしたいしな」

それに、父《とう》さんがずっと海外《かいがい》に単身赴任《たんしんふにん》してるから、母《かあ》さんも人《ひと》が多《おお》い方《ほう》がよろこぶし。

すっかりテーブルの料理《りょうり》を食《た》べつくし、すみれと健太《けんた》はデザートを手《て》にリビングのソファに移《い》動《どう》する。クリスは、スカートのひだをそろえて、すみれの横《よこ》に座《すわ》った。初《はじ》めて来《き》たところだから、落《お》ちつきなく家《いえ》を観察《かんさつ》している。

「すみれ、テレビ点《つ》けてくれ」

光一《こういち》の言葉《ことば》に、スプーンをくわえたすみれが、リモコンでスイッチを入《い》れる。テレビが点《つ》くとすぐに、三ツ谷小学校《みつやしょうがっこう》が大写《おおうつ》しになった。

『三ツ谷小《みつやしょう》の前《まえ》では、犯人《はんにん》と警察《けいさつ》の膠着状態《こうちゃくじょうたい》が続《つづ》いています。警察《けいさつ》のテントにも、特《とく》に大《おお》きな動《うご》きは見《み》られません。今《いま》のところ、犯人側《はんにんがわ》が要求《ようきゅう》しているヘリが来《く》る気配《けはい》もなく――』

光一《こういち》は、食《く》いいるようにテレビを見《み》つめた。

警察《けいさつ》はまだ、動《うご》いてないみたいだな。一体《いったい》、いつ突入《とつにゅう》するつもりなんだろう。

おれだったら早朝《そうちょう》にする。犯人《はんにん》の疲労《ひろう》も蓄積《ちくせき》して、集中力《しゅうちゅうりょく》も切《き》れるころだ。夜《よる》より、多少《たしょう》は視《し》界《かい》もいい。でも、それは犯人《はんにん》たちも予想《よそう》しているかもしれないし――。

風早警部《かざはやけいぶ》の性格《せいかく》なら、わざと時間《じかん》をずらして今《いま》、っていう手《て》もやりそうかと思《おも》ったんだけど。警察《けいさつ》の中《なか》でも、対応《たいおう》が分《わ》かれてるのか？

テレビ画面《がめん》に映《うつ》る校舎《こうしゃ》は、全部《ぜんぶ》の電気《でんき》が点《つ》いていて、背景《はいけい》の夕闇《ゆうやみ》から浮《う》きあがって見《み》える。

いつもの学校《がっこう》じゃないみたいで、気《き》がつくとみんな、しんと黙《だま》りこくっていた。

「……なんで、脱獄犯《だつごくはん》たちは三ツ谷小《みつやしょう》に来《き》ちゃったんだろうねえ」

広《ひろ》いリビングに、健太《けんた》のつぶやきがむなしく響《ひび》いた。

あいつらが来《こ》なければ、橋本先生《はしもとせんせい》だって人質《ひとじち》にならずにすんだのに。

光一《こういち》は、ぎゅっとにぎりしめた拳《こぶし》をかくして立《た》ちあがる。

「……ちょっと寝《ね》てくる」

抑《おさ》えた声《こえ》で言《い》うと、先《さき》にリビングをあとにしたのだった。

仮眠《かみん》を取《と》ったり、学校《がっこう》に持《も》っていく荷物《にもつ》を準備《じゅんび》したり。時間《じかん》はあっという間《ま》に過《す》ぎた。

日《ひ》も暮《く》れ、もうすっかり夜《よる》になったころ。

少《すこ》しだけ開《あ》けたふすまから、光一《こういち》は室内《しつない》をのぞきこんだ。寝室《しんしつ》の中央《ちゅうおう》で、久美《くみ》はすやすやと寝《ね》息《いき》を立《た》てている。

音《おと》を立《た》てないようにふすまを閉《し》め、光一《こういち》は抜《ぬ》き足差《あしさ》し足《あし》で廊下《ろうか》を進《すす》む。電気《でんき》は消《け》したままだから、どこもかしこも真《ま》っ暗《くら》だ。

でも、ここで音《おと》を立《た》てるわけにはいかない。もう作戦《さくせん》は始《はじ》まっているのだ。

つきあたりにあるドアの前《まえ》で、足《あし》を止《と》める。ここは、光一《こういち》の父親《ちちおや》である悠人《ゆうと》の書斎《しょさい》だ。悠人《ゆうと》がアメリカに赴任《ふにん》している間《あいだ》、管理《かんり》は光一《こういち》に任《まか》されている。

コンコンと軽《かる》くノックをすると、音《おと》もなくドアが開《ひら》く。真《ま》っ暗《くら》な部屋《へや》から、三人《にん》が黙《だま》ったまま姿《すがた》を現《あらわ》した。愛用《あいよう》のリュックを背負《せお》ったすみれ。不安《ふあん》げにショルダーバッグの紐《ひも》をぎゅっとにぎったクリス。健太《けんた》のバッグは、異様《いよう》にふくれている。

みんなを引《ひ》きつれて物置《ものおき》に入《はい》ると、光一《こういち》は一番奥《いちばんおく》にある窓《まど》を開《あ》ける。近《ちか》くのカゴに足《あし》をかけて、ひょいと窓《まど》から裏庭《うらにわ》に飛《と》びだした。すみれ、クリスがそれに続《つづ》く。

けれど、いつまでたっても健太《けんた》が出《で》てこない。

光一《こういち》は、響《ひび》かないように小《ちい》さな声《こえ》でそっと声《こえ》をかけた。

「おい、健太《けんた》？」

「今《いま》、行《い》くよ！　ちょっと、ちょっとまっ……わああ！」

ガラン、ガランガラン！

物置《ものおき》の中《なか》から、何《なに》かが倒《たお》れる大《おお》きな音《おと》が響《ひび》いた。

すみれが、ひょいと外《そと》から窓《まど》に飛《と》びこむ。次《つぎ》の瞬間《しゅんかん》、健太《けんた》が窓《まど》から勢《いきお》いよく転《ころ》がりでてきた。

どしんと地面《じめん》に顔《かお》から着地《ちゃくち》する。クリスが、おそるおそる手《て》を差《さ》しだした。

「……だいじょうぶ？」

「あはは、だいじょうぶだいじょうふ……」

「もう、健太《けんた》ってば。音《おと》を立《た》てたら、久美《くみ》さんが起《お》きてきちゃうじゃない」

すみれは再《ふたた》び外《そと》に出《で》ると、ぴしゃり！　と大《おお》きな音《おと》を立《た》てて窓《まど》を閉《し》めた。

……不安《ふあん》だ。

光一《こういち》は渋《しぶ》い顔《かお》をしながら、学校《がっこう》へと歩《ある》きはじめる。後《うし》ろから、三人《にん》が静《しず》かに後《あと》を追《お》った。

「え、そっちから行《い》くの？　いつもと違《ちが》うけど？」

「通学路《つうがくろ》は、大通《おおどお》り沿《ぞ》いだからな。人目《ひとめ》が多《おお》いだろ」

「あ、そっか」

「なんだか緊張《きんちょう》してきたよ……」

健太《けんた》が、うつむきながら、ポケットにつっこんだ手《て》をがさがさと動《うご》かした。

「ほんとに、だいじょうぶかなあ。だって、拳銃《けんじゅう》だよ!?　凶《きょう》っ悪《あく》な脱獄犯《だつごくはん》なんだよ!?」

「だから、さっき作戦会議《さくせんかいぎ》をやっただろ」

「それはそうなんだけどさあ、他《ほか》のみんなは心配《しんぱい》じゃないの？」

「え、スポーツ大会《たいかい》の試合《しあい》よりは緊張《きんちょう》してるけど」

「そそそ、そんなレベル？　クリスちゃんは？　えっと、クリスちゃん？」

クリスは、光一《こういち》から手渡《てわた》された指示書《しじしょ》を見《み》ながら、ぶつぶつと小《ちい》さな声《こえ》でつぶやいている。

朝《あさ》、学校《がっこう》に登校《とうこう》してきたときに比《くら》べると、派手《はで》な格好《かっこう》だ。

ピンクの花柄《はながら》、フリルがたくさんついたワンピースに、おしゃれなヒールの高《たか》いサンダル。

もちろん、これも作戦《さくせん》のうちだ。

「おーい、クリス、クリスってば！」

「なっ、なに？　驚《おどろ》くから突然話《とつぜんはな》しかけないで……」

「さっきから、あたしも健太《けんた》も話《はな》しかけてたってば」

「……ごめんなさい。だって、心配《しんぱい》なの。ただでさえ、人前《ひとまえ》に出《で》るのは得意《とくい》じゃないのに」

すみれの後《あと》に続《つづ》いて、クリスがぼそぼそと言《い》いながら公園《こうえん》に入《はい》る。

「でも、さっきめちゃくちゃ予習《よしゅう》してたじゃん」

「もちろん、全部頭《ぜんぶあたま》には入《い》れたわ。でも……」

クリスは、街灯《がいとう》の下《した》で立《た》ちどまる。

がらんとした夜《よる》の公園《こうえん》には、四人以外《にんいがい》の人影《ひとかげ》はない。つまり。

「和馬《かずま》くん、いないね」

健太《けんた》の声《こえ》を聞《き》きながら、光一《こういち》はもう一度《いちど》、公園《こうえん》を注意深《ちゅういぶか》く見《み》わたした。

けれど、やはり和馬《かずま》の姿《すがた》はない。

——どうする？

もちろん、和馬《かずま》が協力《きょうりょく》してくれなかった時《とき》のことも考《かんが》えた。いくつか作戦《さくせん》がないわけでもない。

でも、けた違《ちが》いに危険度《きけんど》が上《あ》がる。

橋本先生《はしもとせんせい》を無事《ぶじ》に助《たす》けるのが目的《もくてき》なのに、メンバーがけがをしたら元《もと》も子《こ》もない。

公園《こうえん》から学校《がっこう》は、目《め》と鼻《はな》の先《さき》だ。校庭《こうてい》の明《あ》かりを点《つ》けたままなのか、夜《よる》なのに白《しろ》く照《て》らされた校舎《こうしゃ》の角《かど》が見《み》えた。

先生《せんせい》は絶対《ぜったい》に助《たす》けたい。でも——。

……あきらめるしかないのか!?

「徳川《とくがわ》」

突然《とつぜん》、肩《かた》に手《て》を置《お》かれて、光一《こういち》はその場《ば》でびくりと体《からだ》を震《ふる》わせた。

引《ひ》きつった顔《かお》で後《うし》ろを振《ふ》りむく。ちょっと驚《おどろ》いた表情《ひょうじょう》の和馬《かずま》が、見取《みと》り図《ず》を持《も》って立《た》っていた。

「今《いま》、どっから出《で》てきた!?」

「木《き》の上《うえ》から降《お》りてきただけだ」

どうして当《あ》たり前《まえ》のことを聞《き》くんだ？　という顔《かお》をしながら、和馬《かずま》は頭上《ずじょう》の枝《えだ》を指《ゆび》さした。

風早警部《かぜはやけいぶ》も近《ちか》づいてくるとき気配《けはい》がなかったし、この親子《おやこ》、危険《きけん》すぎる……。

「……頼《たの》む、寿命《じゅみょう》が縮《ちぢ》むから先《さき》に声《こえ》をかけてくれ」

「え？　ああ、わかった」

「あーよかった！　和馬《かずま》くんが来《き》てくれて」

「でも、なんか見《み》た目《め》は全然《ぜんぜん》忍《しの》びっぽくなくない？」

すみれが、和馬《かずま》のまわりをくるくると回《まわ》る。

黒《くろ》いシャツにジャケット。確《たし》かに黒《くろ》ずくめではあるけど、絵《え》で見《み》る忍《しの》びとは似《に》ても似《に》つかない。

「いかにも忍《しの》びらしい格好《かっこう》をしていたって、怪《あや》しまれるだけだろう」

「それもそっか」

……よかった。とりあえず、これでなんとか決行《けっこう》できそうだな。

光一《こういち》は、二人《ふたり》の珍妙《ちんみょう》なやりとりを見《み》ながら、内心胸《ないしんむね》をなでおろす。

不安要素《ふあんようそ》が、完全《かんぜん》になくなったわけじゃない。

学校《がっこう》への侵入《しんにゅう》、凶悪《きょうあく》な脱獄犯《だつごくはん》たち、機動隊《きどうたい》が突入《とつにゅう》するまでのタイムリミット。

——そして、拳銃《けんじゅう》。

でも、今《いま》は迷《まよ》うときじゃない。やるときだ。

「ねえ、せっかくみんなでやるんだし、円陣組《えんじんく》まない？　チームでの試合《しあい》で、よくやるんだ」

「……ここでか!?」

「ほら早《はや》く。光一《こういち》が計画《けいかく》を言《い》いだしたんでしょ」

光一《こういち》は、急《せ》かされて手《て》を前《まえ》に出《だ》す。

その上《うえ》に、痛《いた》いくらいの勢《いきお》いですみれが手《て》を置《お》いた。健太《けんた》、クリス、和馬《かずま》とそれに続《つづ》く。

円陣《えんじん》を組《く》んだメンバーの顔《かお》を、光一《こういち》はぐるりと見《み》まわす。

世界一《せかいいち》の特技《とくぎ》を持《も》ったやつらが、これだけ集《あつ》まったんだ。この五人《にん》なら、絶対《ぜったい》にやれる——はず。

もしものときは、おれがなんとかする。

「行《い》こう、作戦開始《さくせんかいし》だ！」

光一《こういち》は、自分《じぶん》の不安《ふあん》をぐっと飲《の》みこんで、力強《ちからづよ》い声《こえ》で言《い》った。

★12 クリスの大変身《だいへんしん》

「ねえ、本当《ほんとう》にやるの……？」

クリスは、正門側《せいもんがわ》のマンションのかげで、スマホに向《む》かってひそひそとささやいた。

『ああ。テレビ局《きょく》のカメラが最低《さいてい》でも四台《だい》は生中継《なまちゅうけい》してるな。できれば、その全部《ぜんぶ》を巻《ま》きこんでほしい。やり方《かた》は、もう頭《あたま》に入《はい》ってると思《おも》うけど――』

スピーカーの向《む》こうから、光一《こういち》の落《お》ちついた声《こえ》が聞《き》こえる。みんなは、学校《がっこう》の裏門《うらもん》にほど近《ちか》い位置《いち》に控《ひか》えているはずだ。

ああ、わたしにも、これくらい自信《じしん》があれば……。

『クリス、聞《き》いてるのか？』

「えっ、う、うん……」

『先《さき》に機動隊《きどうたい》が突入《とつにゅう》してからじゃ遅《おそ》いんだ。作戦《さくせん》の第《だい》一段階《だんかい》は、クリスが鍵《かぎ》になる。頼《たの》んだ』

「ね、ねえ。でもやっぱり……」

『クリス！　がんばって！』

『ぼくたちも、ここから応援《おうえん》してるから～』

これは、絶対逃《ぜったいに》げられないわ……。

「わかったわ……」

『じゃあ、あとでな』

クリスは、電話《でんわ》をつなげたままのスマホをポケットに入《い》れて、暗《くら》い顔《かお》をした。

マンションの塀《へい》から、こっそり正門《せいもん》をのぞきこむ。

もう夜《よる》だというのに、校庭《こうてい》のライトはすべて点灯《てんとう》していて、昼《ひる》のように明《あか》るい。

正門《せいもん》の前《まえ》では、その明《あ》かりに負《ま》けないくらい、たくさんのマスコミのライトが、レポーターの人《ひと》たちを照《て》らしだしていた。

「小学校《しょうがっこう》に脱獄犯《だつごくはん》が立《た》てこもるなど、前代未聞《ぜんだいみもん》の事件《じけん》です！」

「三ツ谷小《みつやしょう》に立《た》てこもっている脱獄犯《だつごくはん》たちは、ヘリを用意《ようい》するように要求《ようきゅう》したまま、一度《いちど》たりとも姿《すがた》を見《み》せません。明日《あす》の朝《あさ》には、犯人《はんにん》たちとの交渉期限《こうしょうきげん》が来《き》てしまいますが、警察《けいさつ》は一体《いったい》どうするつもりなのでしょうか？」

「もし要求《ようきゅう》が受《う》けいれられた場合《ばあい》、脱獄犯《だつごくはん》の一人《ひとり》、白井《しらい》の運転《うんてん》で犯人《はんにん》たちは人質《ひとじち》を連《つ》れ、この場《ば》から脱出《だっしゅつ》する予定《よてい》のようです。明日《あす》の朝《あさ》までに、何《なに》かしらの動《うご》きがあると思《おも》われ、現場《げんば》では一段《いちだん》と緊迫感《きんぱくかん》が——」

あぁ、カメラが一台《だい》、二台《だい》……数《かぞ》えられないくらいあるわ。

こわいこわい、こわすぎる。

やっぱり協力《きょうりょく》するなんて、言《い》わなきゃよかった……！

でも。

わたしが動《うご》くのを、みんな、今《いま》か今《いま》かと待《ま》っているのよね。

……はあっ。

クリスは、ポケットから震《ふる》える手《て》でコンパクトを取《と》りだす。

三《み》つ編《あ》みをほどいて髪《かみ》の毛《け》を整《ととの》えると、鏡《かがみ》の中《なか》の自分《じぶん》に向《む》かいあう。流行《はやり》の恋愛《れんあい》ドラマに出《で》ていた女優《じょゆう》を思《おも》いうかべながら、口角《こうかく》を上《あ》げてにっこりと笑顔《えがお》を作《つく》った。

やるしかない……。

そう、やるしかないのよ、わたし。

だいじょうぶ。できるわ。ぜったいできる。

できるわっ！

クリスは、いつもはおどおどとした瞳《ひとみ》を、ぱっと見開《みひら》く。ピンクの縁眼鏡《ふちめがね》を、モデルのように鮮《あざ》やかに取《と》った。

なめらかな手《て》つきで、それを胸《むね》ポケットにしまうと、燦然《さんぜん》と輝《かがや》くライトに向《む》かって、ゆっくりと歩《ある》きだしたのだった。


「クリス、だいじょうぶかな」

スマホでテレビ中継《ちゅうけい》を探《さが》す光一《こういち》に、すみれがぼそっと言《い》った。

「役割的《やくわりてき》にしょうがないんだけど、一人《ひとり》でやらないといけないし。さっきも、すごい不安《ふあん》そうだったし……」

「クリス本人《ほんにん》ができるって言《い》ったんだ。おれたちは、それを信《しん》じるしかないだろ。あ、これがちょうどいいな」

光一《こういち》がチャンネルを変《か》える手《て》を止《と》めると、テレビの生中継《なまちゅうけい》が、ばんと画面《がめん》に映《うつ》しだされる。

『見《み》てください！　夜《よる》にもかかわらず、たくさんの人《ひと》が集《あつ》まっています』

カメラの真《ま》ん中《なか》に、レポーターの女性《じょせい》が一人《ひとり》。奥《おく》には、夜《よる》になっても、やじ馬《うま》とマスコミでにぎわう正門《せいもん》が見《み》えた。

警察《けいさつ》のテントの向《む》こうに、大型《おおがた》バスのような車《くるま》が停《と》まっている。けれど、普通《ふつう》のバスとは違《ちが》って窓《まど》はなく、青《あお》い塗装《とそう》に白《しろ》いラインが入《はい》っている。機動隊《きどうたい》の特殊車両《とくしゅしゃりょう》に間違《まちが》いない。

機動隊《きどうたい》は、やっぱりもう準備《じゅんび》してるのか。

その車《くるま》をよく見《み》ようとした瞬間《しゅんかん》、ちらりと栗色《くりいろ》の何《なに》かが映《うつ》りこんだ。

『マスコミはもちろん、近隣《きんりん》の方々《かたがた》、三ツ谷小《みつやしょう》に通《かよ》うお子《こ》さんをお持《も》ちの保護者《ほごしゃ》に……えっ？子《こ》ども!?』

「あ、クリスちゃんだ！」

突然《とつぜん》のことに画面《がめん》は多少《たしょう》ぶれつつも、迷《まよ》いこんできたクリスにカメラがズームインする。

栗色《くりいろ》の髪《かみ》の毛《け》は、ライトの光《ひかり》を浴《あ》びてきらきらと輝《かがや》いていた。みんな、あまりのことに驚《おどろ》いて、騒然《そうぜん》としていたあたりが、しんと静《しず》まりかえる。

クリスは、さっきまでとは全《まった》く違《ちが》う雰囲気《ふんいき》で、しっかりと一歩《いっぽ》ずつ前《まえ》に踏《ふ》みだす。そこだけ、モデルが歩《ある》くランウェイになったみたいだ。

クリスが一歩進《いっぽすす》むごとに、大人《おとな》たちがその異質《いしつ》なオーラに圧倒《あっとう》されて、さーっと道《みち》をあけた。

おいおい。

「モーセの十戒《じっかい》か」

「なにそれ？」

すみれが、説明《せつめい》を求《もと》めて声《こえ》を上《あ》げる。

「モーセっていうのは、旧約聖書《きゅうやくせいしょ》に出《で》てくる古代《こだい》イスラエルの指導者《しどうしゃ》だ。実在《じつざい》については――」

「あっ、長《なが》くなりそうなら明日《あした》でだいじょうぶ」

「自分《じぶん》から聞《き》いといてそれか!?」

まあ、確《たし》かに今《いま》はそれどころじゃないか。

正門《せいもん》の前《まえ》に並《なら》んだ警察官《けいさつかん》も、クリスに気《き》づいて、ぎょっと動《うご》きを止《と》めた。

今《いま》だ、クリス！

光一《こういち》の声《こえ》が聞《き》こえたかのように、クリスはタイミングよく、大声《おおごえ》を出《だ》した――あくまで可憐《かれん》に。

『どいてっ、どいてください！』

クリスは突然駆《とつぜんか》けだすと、警察官《けいさつかん》のすき間《ま》をさっと通《とお》りぬける。黄色《きいろ》い立入禁止《たちいりきんし》のテープに手《て》をかけた瞬間《しゅんかん》、背後《はいご》から我《われ》にかえった警察官《けいさつかん》に押《お》さえこまれた。

『きみ！　何《なに》をしているんだ！』

『危《あぶ》ないだろ！』

クリスを取《と》りかこむように、重装備《じゅうそうび》の警察官《けいさつかん》や刑事《けいじ》が、わっと集《あつ》まってくる。

クリスが登場《とうじょう》したときの静《しず》けさは、一瞬《いっしゅん》で消《き》えさる。あっという間《ま》に、何事《なにごと》が起《お》きたのかと、マスコミとやじ馬《うま》がどっとつめかけた。

『なんだ、何《なに》が起《お》きたんだ？』

『大変《たいへん》なことになりました！　どうやら、一人《ひとり》の少女《しょうじょ》が学校《がっこう》の中《なか》に入《はい》ろうとした模様《もよう》です！』

『放《はな》してください！　わたし、先生《せんせい》を助《たす》けたいんです！』

テレビ局《きょく》のカメラに、クリスの顔《かお》が大写《おおうつ》しになる。

クリスは警察官《けいさつかん》に腕《うで》をつかまれながら、ぽろぽろと涙《なみだ》をこぼした。今《いま》にも胸《むね》が張《は》りさけそうといわんばかりの表情《ひょうじょう》だ。

テレビ中継《ちゅうけい》を見《み》ながら、四人《にん》は呆気《あっけ》にとられたように口《くち》をぽかんと開《あ》けた。

「さっきまでと全然違《ぜんぜんちが》うんだけど!?」

「演技《えんぎ》だって知《し》ってても、ちょっと同情《どうじょう》しちゃうくらいだね」

「日野《ひの》は、できれば敵《てき》に回《まわ》したくない……」

『わたし、昨日《きのう》の夜《よる》、このあたりで犯人《はんにん》たちの車《くるま》を目撃《もくげき》したんです！』

クリスは、カメラに向《む》かって身《み》を乗《の》りだした。クリスの涙《なみだ》に誘《さそ》われて、周囲《しゅうい》のテレビ局員《きょくいん》や記《き》者《しゃ》が、いつの間《ま》にか、話《はなし》に聴《き》きいっている。

『あやしい車《くるま》だなと思《おも》ったんですけど、すぐに忘《わす》れてしまって。でも、そのときにわたしが通報《つうほう》していれば、先生《せんせい》はっ……』

『じゃあ、あなたは先生《せんせい》が心配《しんぱい》でここに来《き》たのね？』

『はいっ。いてもたってもいられなくって。もし先生《せんせい》になにかあったら、わたし、わたし……どうしたらいいかっ』

ダメ押《お》しに、クリスが口元《くちもと》をかくしながら涙《なみだ》を流《なが》した瞬間《しゅんかん》、勢《いきお》いよくフラッシュがたかれた。

『もう少《すこ》し、くわしく話《はなし》を聞《き》かせてくれるかな』

他局《たきょく》よりも近《ちか》くでと、カメラがクリスに迫《せま》る。マスコミが押《お》しよせたせいか、警察官《けいさつかん》があわただしく彼《かれ》らを押《お》しかえしはじめた。

『みなさん、下《さ》がってください！』

『おい、ちょっと警備《けいび》に声《こえ》かけてこい！』

応援《おうえん》に呼《よ》ばれた警察官《けいさつかん》やマスコミが、さらにどっと集《あつ》まる。

みんな、口々《くちぐち》に何《なに》かを叫《さけ》んで、現場《げんば》は異常《いじょう》な熱気《ねっき》にあふれた。

クリスの演技力《えんぎりょく》と存在感《そんざいかん》は、ずば抜《ぬ》けてるとは思《おも》ってたけど、まさかここまでとはな。って、あれ、本当《ほんとう》に本人《ほんにん》だよな？

とにかく、これで予定通《よていどお》り周囲《しゅうい》の警備《けいび》が――。

『静粛《せいしゅく》にしてください！』

「……父《とう》さんだ」

和馬《かずま》が、渋《しぶ》い表情《ひょうじょう》でぽつりと言《い》った。

テレビカメラに、風早警部《かぜはやけいぶ》が映《うつ》しだされる。警部《けいぶ》の一声《ひとこえ》で、辺《あた》りは再《ふたた》び、しんと静《しず》まりかえった。取《と》っ組《く》みあっていた大人《おとな》たちも、ぴたりと動《うご》きを止《と》める。

『マスコミの方《かた》は下《さ》がってください！　これ以上踏《いじょうふ》みこむと、公務執行妨害《こうむしっこうぼうがい》ですよ』

警部《けいぶ》の発言《はつげん》に、マスコミは警察《けいさつ》からあわてて離《はな》れると、じりじりと後退《こうたい》した。

せっかく、いい感《かん》じだったのに……！

マスコミが距離《きょり》を取《と》ったすきに、警部《けいぶ》はクリスに音《おと》もなく近《ちか》づく。今度《こんど》は、二人《ふたり》の向《む》かいあう様子《ようす》が、カメラにしっかりと映《うつ》された。

『きみ、昨日《きのう》あの犯人《はんにん》たちの車《くるま》を見《み》たというのは本当《ほんとう》なのかな？』

警部《けいぶ》は、疑《うたが》わしそうにクリスの顔《かお》を上《うえ》からのぞきこむ。

『一体《いったい》、いつ見《み》たんだい？　どこで？　どんなふうに？　そんな報告《ほうこく》は受《う》けていないが、説明《せつめい》できるかい』

『もちろんできます。わたし、先生《せんせい》を助《たす》けるために役《やく》に立《た》ちたいんです。ぜひ、説明《せつめい》させてください』

クリスは、風早警部《かぜはやけいぶ》の視線《しせん》を真正面《ましょうめん》から受《う》けとめる。一言一言《ひとことひとこと》、しっかりと聞《き》こえるように宣言《せんげん》した。電話《でんわ》で話《はな》していた、気弱《きよわ》なクリスからは想像《そうぞう》もつかない。

けれど、風早警部《かぜはやけいぶ》はじっとなにかを見透《みす》かすように、クリスの表情《ひょうじょう》を見《み》つめたままだ。クリスの緊張《きんちょう》が高《たか》まるのが、画面越《がめんご》しの表情《ひょうじょう》でもわかった。

「ももも、もしかして、クリスちゃん疑《うたが》われてない!?」

「マズいな……」

ここで追《お》いかえされるのは困《こま》る。

クリスには、まだ警察《けいさつ》に張《は》りついててもらわなきゃいけないんだ。

眉間《みけん》のしわを深《ふか》めながら、警部《けいぶ》がクリスの腕《うで》をつかんで遠《とお》ざける。

『くわしい話《はなし》は、きみの家《いえ》で聴《き》こう。他《ほか》の刑事《けいじ》に送《おく》っていかせるから――』


バーン‼


最初《さいしょ》は、テレビ越《ご》しかと思《おも》った。

けれど、音《おと》が聞《き》こえたのは……背後《はいご》からだ。

光一《こういち》は、一瞬学校《いっしゅんがっこう》の方角《ほうがく》を振《ふ》りむいた後《あと》、すぐにテレビ中継《ちゅうけい》を食《く》いいるように見《み》つめる。現場《げんば》は混乱《こんらん》していて、カメラの映像《えいぞう》はピントが狂《くる》ったり傾《かたむ》いたりして、ちっともよくわからない。

ただ、レポーターの声《こえ》はしっかりと聞《き》きとれた。

『今《いま》、犯人《はんにん》の一人《ひとり》が騒《さわ》ぎを聞《き》きつけて、拳銃《けんじゅう》を発砲《はっぽう》した模様《もよう》です！　どこへ……あ！　威嚇射撃《いかくしゃげき》の跡《あと》があった玄関《げんかん》のガラスが、粉々《こなごな》に砕《くだ》けています！』

『それ以上騒《いじょうさわ》ぐと、次《つぎ》は、人質《ひとじち》を撃《う》つ！』

突然《とつぜん》、どすの利《き》いた低《ひく》い声《こえ》がテレビ越《ご》しに耳《みみ》をつんざいた。後《うし》ろから中継《ちゅうけい》を見《み》ていた和馬《かずま》が、ぐっと顔《かお》を近《ちか》づける。

「犯人《はんにん》か」

「拡声器《かくせいき》を使《つか》って、玄関《げんかん》から話《はな》してるみたいだな」

すみれが焦《じ》れたように、光一《こういち》の手《て》からスマホを引《ひ》ったくった。

「……よかった！　クリスは無事《ぶじ》みたい。警部《けいぶ》が、警察《けいさつ》のテントに連《つ》れてってる」

「テントで事情聴取《じじょうちょうしゅ》するんだろ。脱獄犯《だつごくはん》たちへの対応《たいおう》で、家《いえ》に帰《かえ》すのは後回《あとまわ》しになるだろうな」

これで、なんとか第《だい》一段階《だんかい》はクリアだ、けど。

どくりと、心臓《しんぞう》が嫌《いや》な音《おと》を立《た》てた。

橋本先生《はしもとせんせい》は無事《ぶじ》なのか？

「……オレたちも行《い》こう」

和馬《かずま》は静《しず》かに言《い》うと、暗闇《くらやみ》の中《なか》ですっと立《た》ちあがった。

13 隠密《おんみつ》！　学校潜入《がっこうせんにゅう》

学校裏《がっこううら》にあるマンションの三階通路《かいつうろ》から、和馬《かずま》は校舎《こうしゃ》を見《み》おろした。

ここは、学校《がっこう》の裏口《うらぐち》からほぼ真正面《ましょうめん》にある。クリスが起《お》こした騒動《そうどう》と、脱獄犯《だつごくはん》たちの威嚇射撃《いかくしゃげき》のおかげで、学校《がっこう》の周囲《しゅうい》を警備《けいび》していた警察官《けいさつかん》は、さっきよりもまばらになっていた。

徳川《とくがわ》たちは、ちゃんと裏口《うらぐち》の近《ちか》くで待機《たいき》しているだろうか。

和馬《かずま》は不安《ふあん》に思《おも》いながらも、あらかじめバッグから取《と》りだしておいたパチンコを持《も》ちなおした。

大《おお》きな音《おと》が鳴《な》る、特製《とくせい》の小《ちい》さな花火玉《はなびだま》をセットする。

人通《ひとどお》りがなくて、警察《けいさつ》にもよく聞《き》こえる……あそこがいいか。

「風早家《かぜはやけ》の門外不出《もんがいふしゅつ》の花火玉《はなびだま》だからな。確実《かくじつ》に撃《う》てば、引《ひ》きつけられるはずだ」

やや離《はな》れた電柱《でんちゅう》の根元《ねもと》に、狙《ねら》いをつける。

静《しず》かに目《め》を閉《と》じて、心《こころ》を落《お》ちつける。

集中《しゅうちゅう》しろ。

さっと目《め》を開《あ》けたときには、狙《ねら》うべき場所《ばしょ》だけがはっきりと見《み》えた。

流《なが》れるように、びんとゴムをひく。寸分《すんぶん》の狂《くる》いもなく、玉《たま》は地面《じめん》めがけて飛《と》んだ。

バンッ！

「今度《こんど》はなんの音《おと》だ!?」

「確認《かくにん》しよう」

さっきの威嚇射撃《いかくしゃげき》で過敏《かびん》になった警察官《けいさつかん》が、拳銃《けんじゅう》に手《て》をかけながら、音《おと》がした方《ほう》へと険《けわ》しい顔《かお》で走《はし》っていく。


よし、今《いま》だ。

光一《こういち》は、マンションのかげからさっと駆《か》けだした。

チャンスは一度《ど》。しかも、時間《じかん》は稼《かせ》げて、数十秒《すうじゅうびょう》だ。

狙《ねら》うのは、人目《ひとめ》に付《つ》きにくい薄暗《うすぐら》いところ——裏門脇《うらもんわき》の壁《かべ》。

走《はし》りこんだ勢《いきお》いのまま、壁《かべ》に足《あし》をかけて飛《と》びあがる。

いつの間《ま》にかすぐ横《よこ》に並《なら》んでいたすみれと、一気《いっき》に上《うえ》へ乗《の》りあげた。

振《ふ》りむくと、数歩《すうほ》遅《おく》れて追《お》ってきた健太《けんた》が、壁《かべ》に飛《と》びつくところだった。

すでに、もう息《いき》が上《あ》がっている。

……こんなので、登《のぼ》れるのか？

思《おも》ったとおり、健太《けんた》は壁《かべ》に飛《と》びついたものの、ずるずると重力《じゅうりょく》に引《ひ》っぱられて地面《じめん》へ滑《すべ》っていく。光一《こういち》とすみれはちらりと目《め》を合《あ》わせてから、健太《けんた》の腕《うで》を、がしっとつかんだ。

「健太《けんた》、なんかいつもより重《おも》いんだけどっ」

「バッグもポケットも、えらくふくらんでるけど……一体《いったい》、何持《なにも》ってきたんだっ……」

「ええっ、ただお菓子《かし》をたくさん入《い》れてきただけだって～！」

「健太《けんた》～!!」

ヤバい、そろそろ警察《けいさつ》が戻《もど》ってくる！

「これは遠足《えんそく》じゃないんだぞ！」

かけ声《ごえ》の要領《ようりょう》で、光一《こういち》はすみれと調子《ちょうし》を合《あ》わせて引《ひ》きあげる。乗《の》りあがった健太《けんた》に押《お》されて、三人《にん》はぐらりと壁《かべ》の向《む》こう側《がわ》に落下《らっか》した。

辺《あた》りにかすかな土《つち》ぼこりが起《お》きる。

「げほっ、警察《けいさつ》は!?」

「なんとか、だいじょうぶそうっ……まだ、さっきの爆発音《ばくはつおん》を確認《かくにん》しに行《い》ってるみたい」

「いたた。そういえば、和馬《かずま》くんは？」

「呼《よ》んだか」

音《おと》もなく、長身《ちょうしん》の和馬《かずま》が目《め》の前《まえ》に着地《ちゃくち》する。木《こ》の葉《は》が落《お》ちてきて、光一《こういち》は、はっと上《うえ》を見上《みあ》げた。

……街路樹《がいろじゅ》をつたってきたってことか。

人間《にんげん》は、自分《じぶん》の目《め》より上《うえ》には注意《ちゅうい》が向《む》きにくい。その特性《とくせい》を利用《りよう》したんだろう。

それにしても、すごい身体能力《しんたいのうりょく》だな。

光一《こういち》は、和馬《かずま》に最後尾《さいこうび》につくよう頼《たの》むと、腰《こし》を落《お》として花壇《かだん》のかげを進《すす》む。一階《かい》の一番手前《いちばんてまえ》の教室《きょうしつ》に近《ちか》づいて、窓《まど》に手《て》をかけた。

「そこから入《はい》るの？　でも、鍵《かぎ》がかかってるんじゃ……」

「委員会《いいんかい》の後輩《こうはい》から聞《き》いたんだけど、ここだけ窓《まど》の鍵《かぎ》が甘《あま》いらしいんだ。こきざみに動《うご》かすと、鍵《かぎ》が外《はず》れる――よし、こんなもんか」

光一《こういち》が慎重《しんちょう》にスライドさせると、レバーがずれた窓《まど》は、音《おと》もなく開《あ》いた。

四人《にん》は、外《そと》の警察官《けいさつかん》に見《み》つからないように、すばやく中《なか》に入《はい》る。

見慣《みな》れた学校《がっこう》の教室《きょうしつ》。他《ほか》の部屋《へや》と同様《どうよう》に、そこもすべての電気《でんき》が点《つ》けられていた。

じっと耳《みみ》をすます。

人《ひと》の気配《けはい》はない……か。いや。

自分《じぶん》のポケットから、ぼそぼそと声《こえ》が聞《き》こえて、光一《こういち》はスマホを取《と》りだした。

『ちょっと、聞《き》いてるの？　本《ほん》っ当《とう》に、本当《ほんとう》に恥《は》ずかしかったのよっ⁉』

クリスだ。

他《ほか》の人《ひと》に聞《き》こえないように押《お》し殺《ころ》しているのか、普段《ふだん》より声《こえ》が小《ちい》さい。

光一《こういち》は、スマホの音量《おんりょう》を上《あ》げた。

「今《いま》、ちょうど学校《がっこう》に入《はい》ったところだ。そっちは？」

『警察《けいさつ》のテントよ。聴《き》き取《と》りをする今井刑事《いまいけいじ》が、ちょっと席《せき》を外《はず》して……』

「クリス、すごいノリノリだったよね！」

「そうそう、てっきりあっちが本物《ほんもの》かと思《おも》っちゃったよ」

『だから、あれは演技《えんぎ》でっ……！』

「わかったわかった。それで、警察《けいさつ》のテントで何《なに》か情報《じょうほう》は聞《き》けたか？」

クリスは恥《は》ずかしそうに咳《せき》ばらいをすると、とっさに上《あ》げた声《こえ》のトーンを落《お》とした。

『まわりの刑事《けいじ》さんたちは、〈グニゴムは管理棟《かんりとう》の一階《かい》にある職員室《しょくいんしつ》に捕《つか》まってるんじゃないか〉って言《い》ってるんだけど……グニゴムってなんのことかわかる？』

「グニゴムは、警察用語《けいさつようご》で人質《ひとじち》のことだ。橋本先生《はしもとせんせい》は、職員室《しょくいんしつ》か」

光一《こういち》は和馬《かずま》から返《かえ》してもらった図面《ずめん》を取《と》りだすと、職員室《しょくいんしつ》に赤《あか》ペンで大《おお》きく丸《まる》を付《つ》けた。

「さっき威嚇射撃《いかくしゃげき》のあった職員用《しょくいんよう》の玄関《げんかん》からすぐだし、妥当《だとう》な読《よ》みだな」

『あと、犯人《はんにん》のうちの一人《ひとり》は管理棟《かんりとう》の三階《かい》にいて、上《うえ》から校内《こうない》を見張《みは》っているらしいわ』

「職員室《しょくいんしつ》に黒田一人《くろだひとり》ってことは考《かんが》えにくいから、最低二人《さいていふたり》はいるはずだ。ってことは、あとはその見張《みは》りと、もう一人《ひとり》は校内《こうない》のどこかを回《まわ》ってるってところか」

「ぼく、二人《ふたり》の話《はなし》が難《むずか》しくってわかんないよ……」

「あたしも……」

いつの間《ま》にか、すみれと健太《けんた》は持《も》ってきたスナック菓子《がし》をばりぼりと食《た》べていた。

「おい！」

「まあまあ。決戦前《けっせんまえ》の腹《はら》ごしらえだって」

『さっきの威嚇射撃《いかくしゃげき》で、いったん突入《とつにゅう》は見送《みおく》られたみたいだけど、風早警部《かぜはやけいぶ》は態勢《たいせい》を立《た》てなおしたらすぐにでも突入《とつにゅう》させる気《き》みたい。早《はや》めに……』

『クリスちゃん、どうかした？』

突然《とつぜん》、スマホから若《わか》い男《おとこ》の声《こえ》が聞《き》こえた。この気《き》の抜《ぬ》けた感《かん》じは、裏口《うらぐち》で会《あ》った今井刑事《いまいけいじ》だ。

『いいえ、なんでもないんです。早《はや》く先生《せんせい》が救出《きゅうしゅつ》されないかなって——』

クリスの器用《きよう》な言《い》い訳《わけ》に、すみれが口《くち》を押《お》さえて笑《わら》いをこらえる。

ひとまず、警察《けいさつ》はクリスに任《まか》せておいて、だいじょうぶそうだ。

光一《こういち》がスマホをポケットにしまうと、クリスと今井刑事《いまいけいじ》の声《こえ》はほとんど聞《き》こえなくなった。

「まずは、三階《かい》から行《い》こう」

「徳川《とくがわ》」

腰《こし》をかがめたまま教室《きょうしつ》から顔《かお》を出《だ》そうとした瞬間《しゅんかん》、声《こえ》がかかる。

振《ふ》りむくと、和馬《かずま》が見《み》おろしていた。

いつもの無表情《むひょうじょう》。

いや、でもなんだか……。

「どうかしたのか？」

「――なんでもない。先《さき》を急《いそ》ごう」

なんだ、風早《かざはや》のやつ。言《い》いたいことがあるなら、言《い》えばいいだろ。

でも、今日会《きょうあ》ったばっかりなんだし、しょうがないか。

光一《こういち》は、そう自分《じぶん》に言《い》いきかせると、和馬《かずま》の視線《しせん》を無視《むし》して図面《ずめん》を折《お》りたたんだ。

14 絶対《ぜったい》にマネできないマネ

人《ひと》がいないことを確認《かくにん》してから、すみれが廊下《ろうか》へと飛《と》びだす。その後《うし》ろに、光一《こういち》は息《いき》を殺《ころ》して続《つづ》いた。

教室《きょうしつ》を出《で》てすぐの階段《かいだん》を、四人《にん》それぞれが周囲《しゅうい》に気《き》を配《くば》りながら上《のぼ》る。

タンタンタン

小《ちい》さな足音《あしおと》も、人気《ひとけ》のない学校《がっこう》の中《なか》にはいやに響《ひび》いた。

「夜《よる》の学校《がっこう》って不気味《ぶきみ》かと思《おも》ってたけど、電気《でんき》が点《つ》いてるからヘンなカンジ」

「すみれ、あんまりしゃべるなよ。見《み》つかるぞ」

光一《こういち》の注意《ちゅうい》に、すみれは肩《かた》をすくめる。軽《かろ》やかに階段《かいだん》を三階《かい》まで、息《いき》も切《き》らさず上《のぼ》りきった。

階段《かいだん》のかげから、渡《わた》り廊下《ろうか》を確認《かくにん》する。明《あ》かりの点《つ》いた廊下《ろうか》に飛《と》びだせば、隠《かく》れられる場所《ばしょ》はどこにもない。

「……声《こえ》が聞《き》こえる」

和馬《かずま》が口《くち》に手《て》を当《あ》てて、注意《ちゅうい》をうながす。四人《にん》はごくりと息《いき》をのんで、耳《みみ》をそばだてた。

教室棟《きょうしつとう》の廊下《ろうか》から、足音《あしおと》に混《ま》じって、ぼそぼそと男《おとこ》の声《こえ》が聞《き》こえる。

「こっちは、三階《かい》の青木《あおき》です。ええ、特《とく》に異常《いじょう》はないです……え、外《そと》ですか？　静《しず》かなもんですよ。さっきの騒《さわ》ぎも、黒田《くろだ》さんの威嚇射撃《いかくしゃげき》で落《お》ちついたみたいで……」

「あそこにいるの、青木《あおき》？　見張《みは》りの連絡《れんらく》かな」

「多分《たぶん》な。学校《がっこう》にあったトランシーバーを利用《りよう》してるんだろ」

それはこっちにも都合《つごう》がいいな。

光一《こういち》は、和馬《かずま》とすみれに向《む》かってうなずいた。

「青木《あおき》が連絡《れんらく》を切《き》った瞬間《しゅんかん》に、行《い》くぞ」

「えっ、ぼくは？」

「健太《けんた》は、ここで待機《たいき》」

「だね」

「そそそ、そんな！　一人《ひとり》にしないでよお」

「だれだ！　いるなら出《で》てこい！」

廊下《ろうか》の先《さき》から、ばたばたと走《はし》る音《おと》が聞《き》こえてくる。

あーもう、健太《けんた》！　声《こえ》がでかいって。

「しょうがない。すみれは正面《しょうめん》から。風早《かざはや》は背後《はいご》から、いけるか？」

光一《こういち》の言葉《ことば》に二人《ふたり》はうなずくと、渡《わた》り廊下《ろうか》の先《さき》に向《む》かって走《はし》りだす。ちょうど、曲《ま》がり角《かど》ではちあわせするタイミングだ。

やや小太《こぶと》りな青木《あおき》が、廊下《ろうか》の角《かど》を曲《ま》がる。

その瞬間《しゅんかん》、猛《もう》スピードで突《つ》っこむすみれの横《よこ》で、和馬《かずま》はぐっとかがみこむと、壁《かべ》に向《む》かって跳《ちょう》躍《やく》した。なんでもないことみたいに、トントンと壁《かべ》と天井《てんじょう》を飛《と》びかって、青木《あおき》の背後《はいご》に回《まわ》りこむ。

いや、背後《はいご》からって言《い》ったけど、普通《ふつう》は横《よこ》から回《まわ》りこまないか!? 動《うご》きがすばやすぎたせいか、青木《あおき》は和馬《かずま》にみじんも気《き》づかない。ただ、目《め》の前《まえ》に現《あらわ》れた少女《しょうじょ》に目《め》を丸《まる》くした。

「うおっ。な、なんでこんなところに、子《こ》どもがっ!?」

「そりゃ、当《あ》たり前《まえ》でしょ。だって、ここは学校《がっこう》だもん。えいやっ」

青木《あおき》がトランシーバーをつかむ前《まえ》に、すみれは恐《おそ》るべき反射神経《はんしゃしんけい》で、その手《て》を叩《たた》きおとす。

動揺《どうよう》した青木《あおき》に、背後《はいご》からばさりとカーテンが巻《ま》きついた。

「なっ、なんだこれは!?」

カーテンの上《うえ》から、しゅるしゅるとなわとびがからみついて、青木《あおき》がバランスを崩《くず》して倒《たお》れる。

その奥《おく》に涼《すず》しい顔《かお》をした和馬《かずま》が立《た》っていた。

「こんなところでいいか?」

文句《もんく》のつけようがない。

光一《こういち》は、和馬《かずま》に向《む》かってぎこちなくうなずいた。その横《よこ》で、すみれがくちびるをとがらせる。

「なんだ、せっかくあたしが投《な》げとばそうと思《おも》ったのに」

「それにしても、すごい手際《てぎわ》だったね……」

光一《こういち》の背後《はいご》からひょっこり姿《すがた》を現《あらわ》した健太《けんた》は、ぐるぐる巻《ま》きにされた青木《あおき》を、びくびくしながら見《み》おろした。

「でも、なんでカーテンとなわとびなの？　和馬《かずま》くん」

「その場《ば》にあるものを使《つか》った方《ほう》が、あとで足《あし》がつきにくい」

「おい、おまえらなんだ！　だれのさしがねだ!?　警察《けいさつ》……ってうわああ」

「おじさん、ちょっと黙《だま》ってて」

カーテンの下《した》でもがく青木《あおき》を、すみれがごろごろと廊下《ろうか》の奥《おく》へと転《ころ》がしていく。

「ちょっと待《ま》て、すみれ。聞《き》きたいことがある。人質《ひとじち》は、職員室《しょくいんしつ》に捕《つか》まってるのか？　けがは、ないんだよな？」

「はあ？　そんなこと聞《き》かれたって、教《おし》えるわけ――」

「えいっ！」

すみれがぐっと力《ちから》をこめると、青木《あおき》の体《からだ》はものすごい速度《そくど》で転《ころ》がって、廊下《ろうか》のつきあたりにぶち当《あ》たった。仰向《あおむ》けに伸《の》びた青木《あおき》の腕《うで》を、すみれがむんずとつかむ。

「おじさん知《し》ってる？　柔道《じゅうどう》には腕《うで》ひしぎ十字固《じゅうじがた》めっていう関節技《かんせつわざ》があってね」

「わああ、ああっ、いたたた！　折《お》れる！　言《い》う！　言《い》うからやめろおっ！」

すみれがぱっと手《て》を放《はな》すと、半泣《はんな》きの青木《あおき》の声《こえ》がカーテンの下《した》からぼそぼそと聞《き》こえた。

「拘束《こうそく》はしてるが、人質《ひとじち》に……いたたっ、けがはない！　多分《たぶん》、職員室《しょくいんしつ》で他《ほか》のやつらが、見張《みは》ってるよっ」

「そうか」

すみれにこれだけ痛《いた》めつけられてるんだから、おそらく嘘《うそ》の情報《じょうほう》じゃないだろう。

……よかった。

「主《おも》な武器《ぶき》は、拳銃一丁《けんじゅういっちょう》だけか？　他《ほか》のやつらは今《いま》、どこにいる？」

「黒田《くろだ》さんはっ、職員室《しょくいんしつ》だ。赤星《あかぼし》は校内《こうない》の見回《みまわ》りをしてて、白井《しらい》は……倉庫《そうこ》」

倉庫《そうこ》？

「バリケードでも築《きず》くつもりか？」

「……いたたたっ！」

「おじさん、話《はな》しちゃったほうがいいと思《おも》うけど？」

「ああもう！　わかった！　おれたちは、この学校《がっこう》の中庭《なかにわ》に一億円《おくえん》が埋《う》まってるって聞《き》いて、やってきたんだよ！　その大金《たいきん》を掘《ほ》りだす準備《じゅんび》をしてんだ！」

「一億《おく》!?」

四人《にん》は思《おも》わず、そろって声《こえ》を上《あ》げる。

学校《がっこう》の中庭《なかにわ》に、一億円《おくえん》が⁉

「いいい一億円《おくえん》って、ものすごい大金《たいきん》だよね⁉」

「大金《たいきん》すぎて、どれくらいかぱっと想像《そうぞう》もできないんだけど」

すみれは、腕《うで》を組《く》みながら首《くび》をかしげた。

「例《たと》えばすみれの好《す》きな駄菓子《だがし》のまいう～棒《ぼう》なら、一本《ぽん》10円《えん》だから1０００万本《まんぼん》買《か》える。すみれが毎日《まいにち》1００本食《ぼんた》べたとしても、２７４年《ねん》は食《た》べつづけられるぞ」

「いくらあたしでも、一日《にち》1００本《ぽん》は食《た》べないってば！　って、にひゃくななじゅうよねん⁉」

「今《いま》からさかのぼると、江戸時代《えどじだい》の真《ま》っただ中《なか》だな。でも、一億円《おくえん》が埋《う》まってるっていうのは嘘《うそ》なんじゃないか？」

「嘘《うそ》⁉」

光一《こういち》の言葉《ことば》に、今度《こんど》は青木《あおき》がすっとんきょうな声《こえ》を上《あ》げた。

「なんでだ⁉」

「うちの学校《がっこう》は、三年前《ねんまえ》に大《おお》がかりな改修工事《かいしゅうこうじ》をしたんだ。中庭《なかにわ》も整備《せいび》しなおしたから、もし本《ほん》当《とう》に埋《う》まっていたら、工事業者《こうじぎょうしゃ》が発見《はっけん》してるはずだ。でも、そんなニュースは聞《き》いてない」

「運《うん》よく見《み》つからなかったとか？」

「一億円《おくえん》が札束《さつたば》で保管《ほかん》されてるとしたら、小《ちい》さなスーツケースくらいの大《おお》きさになる。見《み》つからないことはないと思《おも》う」

「そん、そんな……」

廊下《ろうか》に転《ころ》がされたままカーテンの中《なか》であがいていた青木《あおき》は、弱々《よわよわ》しい声《こえ》を出《だ》しながら、ぱったりと手足《てあし》の力《ちから》を抜《ぬ》いた。

「おれは、何《なん》のために……ここまで……」

「あっ、気《き》を失《うしな》っちゃった」

「気《き》を失《うしな》いたくもなるだろ。一億円《おくえん》のために、わざわざ脱獄《だつごく》してこんなところまでやってきたんだからな」

でも、なんのためにそんな嘘《うそ》を。一体《いったい》だれが？

ありうるのは、脱獄犯《だつごくはん》の中《なか》のだれかが、脱獄《だつごく》を手伝《てつだ》わせるためのエサにしたってことだけど。

順当《じゅんとう》に考《かんが》えれば、嘘《うそ》をついたのはリーダーである黒田《くろだ》……。

いや、なんか頭《あたま》がもやもやする。

まだなにか——。

ガガッ、ザザザ……

背後《はいご》から砂嵐《すなあらし》のような音《おと》がして、光一《こういち》はばっと振《ふ》りかえる。

廊下《ろうか》に落《お》ちた青木《あおき》のトランシーバーから、とぎれとぎれに声《こえ》が聞《き》こえた。

『おい、青木《あおき》……今《いま》、何《なに》か音《おと》がしてたぞ。……だい……じょうぶか？』

「この声《こえ》、だれ？　なんか、ものすごく野太《のぶと》い声《こえ》だけど」

「赤星《あかぼし》だろうな」

光一《こういち》はトランシーバーを拾《ひろ》うと、健太《けんた》を手招《てまね》きする。

「それじゃ、ここは健太《けんた》の出番《でばん》だな。青木《あおき》の声《こえ》は、さっき聞《き》いてたよな？」

「う、うん」

『おい、青木《あおき》。返事《へんじ》をしてくれ。様子《ようす》を見《み》にいった方《ほう》がいいか？』

健太《けんた》は、ふーっとひとつ、息《いき》をはく。光一《こういち》は、トランシーバーのスイッチを入《い》れた。

「あ、ああ。悪《わる》いな赤星《あかぼし》さん。ちょっとトランシーバーを床《ゆか》に落《お》としてよ。拾《ひろ》うのに時間《じかん》がかかっちまった」

「……この声《こえ》、本当《ほんとう》に健太《けんた》か!?」

ぎょっとした顔《かお》の和馬《かずま》が、声《こえ》をひそめてすみれに耳打《みみう》ちする。

ものまねに関《かん》しては、健太《けんた》の右《みぎ》に出《で》るものはいない。〈世界一《せかいいち》のエンターテイナー小学生《しょうがくせい》〉らしい、だれにも絶対《ぜったい》マネできない特技《とくぎ》ってわけだ。

これで、もう少《すこ》しおっちょこちょいじゃなきゃいいんだけど。

トランシーバーの向《む》こうの赤星《あかぼし》も、すっかり健太《けんた》の声《こえ》にだまされたらしい。ほっとしたような笑《わら》い声《ごえ》が聞《き》こえた。

『ははっ、ドジすんなよ。もしかしたら、そろそろ警察《けいさつ》が動《うご》くかもしれんからな』

そうだ。これを使《つか》えば——赤星《あかぼし》も単独《たんどく》で倒《たお》せるかもしれない。

「そうだな……んんん？」

光一《こういち》は、学校《がっこう》の図面《ずめん》を開《ひら》くと、ある部屋《へや》を指《ゆび》さす。健太《けんた》がにっこり笑《わら》って、両手《りょうて》で丸《まる》を作《つく》った。

「そういや、赤星《あかぼし》さんはどこを巡回《じゅんかい》してるんだっけな」

『今《いま》は体育館《たいいくかん》にいる。ほら、二階《かい》とつながってるあそこだ。さっきも言《い》っただろ』

「ああ、そうだった。じつはな、さっき一階《かい》に人影《ひとかげ》が見《み》えて、驚《おどろ》いてトランシーバーを落《お》としちまったんだ」

『ばかやろう、それを早《はや》く言《い》え！　で、警察《けいさつ》か？　何人《なんにん》だ？』

「それが、警察《けいさつ》じゃない。子《こ》どもだったんだ」

『子《こ》ども？　そんなわけがないだろ。見《み》まちがいじゃないか？』

「そうかもしれないが、一回《いっかい》見《み》に行《い》ってみてくれないか？　おれはここから警察《けいさつ》の様子《ようす》を見張《みは》らないといけないからさ」

『……一階《かい》のどこだ？』

かかった。

健太《けんた》は光一《こういち》が指《ゆび》さした部屋《へや》を、ゆっくりと読《よ》みあげた。

「給食室《きゅうしょくしつ》だ。渡《わた》り廊下《ろうか》の前《まえ》にある」

15 まさかの大《だい》ピンチ!?

「おい、だれかいるのか？」

さっきトランシーバー越《ご》しに聞《き》いた赤星《あかぼし》の大声《おおごえ》が、給食室《きゅうしょくしつ》の入《い》り口《ぐち》から響《ひび》いた。

光一《こういち》は、部屋《へや》の一番奥《いちばんおく》にある大《おお》きな調理《ちょうり》なべのかげで、息《いき》をひそめる。

開《あ》けておいたドアから、すぐに赤星《あかぼし》が姿《すがた》を現《あらわ》した。その体《からだ》は、想像《そうぞう》していたよりもでかい。

身長《しんちょう》が二メートルくらいはありそうだし、筋骨隆々《きんこつりゅうりゅう》の二《に》の腕《うで》は、光一《こういち》の首《くび》よりも太《ふと》い。

〈絶対《ぜったい》に捕《つか》まえられない大男《おおおとこ》〉ってわけだ。

赤星《あかぼし》は、部屋《へや》の真《ま》ん中《なか》に立《た》ちつくしている健太《けんた》に気《き》づくと、あごをかいた。

「ほんとに子《こ》どもじゃねえか。どうやってここに入《はい》りこんだんだ？」

赤星《あかぼし》の姿《すがた》を見《み》て、健太《けんた》はさーっと血《ち》の気《け》を無《な》くす。がくがく震《ふる》える足《あし》で給食室《きゅうしょくしつ》の奥《おく》へと逃《に》げだすが、いきおいよく転《ころ》んで、つんのめる。

青木《あおき》のトランシーバーが、ゴトリと床《ゆか》に落《お》ちた。

……あれは、ビビってる演技《えんぎ》っていうよりも、本当《ほんとう》にビビってるな。

でも、おとりとしては上出来《じょうでき》だ。

目論見《もくろみ》どおり、赤星《あかぼし》が給食室《きゅうしょくしつ》に足《あし》を踏《ふ》みいれる。

瞬間《しゅんかん》、足元《あしもと》に仕込《しこ》まれていたなわとびが、赤星《あかぼし》の足《あし》にかかるように、ぴんと跳《は》ねあがった。

「おおっ!?」

足《あし》を取《と》られて、ぐらりとかたむいた赤星《あかぼし》の背中《せなか》に、天井《てんじょう》にはりついていた和馬《かずま》がひらりと飛《と》びのる。教室《きょうしつ》から拝借《はいしゃく》してきた大縄跳《おおなわと》び用《よう》の縄《なわ》を、さっと赤星《あかぼし》の体《からだ》に巻《ま》きつけた。

これで、赤星《あかぼし》も……いや！

「放《はな》しやがれ！」

「くっ」

大声《おおごえ》を上《あ》げながら、赤星《あかぼし》が自慢《じまん》の腕《うで》を振《ふ》りまわす。しばりあげる前《まえ》に、和馬《かずま》は部屋《へや》の奥《おく》へとビュンと放《ほう》りなげられた。

仕方《しかた》ない、次《つぎ》の手《て》だ。

「すみれ！」

和馬《かずま》を追《お》いかけようとした赤星《あかぼし》の前《まえ》に、小《ち》さな人影《ひとかげ》が鍋《なべ》のかげからサッと飛《と》びでた。

「待《ま》ってましたっ！」

「まだいやがるのか！」

赤星《あかぼし》は、すみれを捕《つか》まえようと太《ふと》い腕《うで》を伸《の》ばす。けれど、そんな赤星《あかぼし》に、すみれはにこっと笑《わら》った。

悪魔《あくま》のほほ笑《え》み だ……。

すみれは、赤星《あかぼし》の腕《うで》を器用《きよう》にさばいてえり元《もと》をつかむ。ショートの髪《かみ》を揺《ゆ》らしながら、さっと腰《こし》を落《お》とした。

右足《みぎあし》を赤星《あかぼし》の腰《こし》にすえて、すみれが床《ゆか》にお尻《しり》をついた瞬間《しゅんかん》、
ふわっ
……嘘《うそ》みたいに、赤星《あかぼし》の巨体《きょたい》が宙《ちゅう》に浮《う》きあがった。

余裕《よゆう》いっぱいだった赤星《あかぼし》の顔《かお》が、恐怖《きょうふ》でゆがむ。

「わあああっ！」

「柔道少女《じゅうどうしょうじょ》の、きまぐれ巴投《ともえな》げ！」

もしかして、どっかのカフェのメニューのつもりか!?

いきおいよくふっ飛《と》んだ赤星《あかぼし》の体《からだ》が、光一《こういち》の隠《かく》れていた鍋《なべ》に、**どしーん!!** とはまりこむ。

光一《こういち》はすばやく立《た》ちあがって、鍋《なべ》のふたにさっと手《て》をかけた。

バーン！

わんわんと反響《はんきょう》しながら、鍋《なべ》のふたが閉《し》まる。開《あ》けられないように、外《そと》からしっかりとロックした。

赤星《あかぼし》が、どんどんと中《なか》から鍋《なべ》を叩《たた》いてくる……かと思《おも》ったけれど、なんの反応《はんのう》もない。すみれの一撃《いちげき》で完全《かんぜん》にのびてるな。

「あんな大《おお》きな人《ひと》を投《な》げとばすと、やっぱり気持《きも》ちいいね！」

すみれが、あははと笑《わら》いながら光一《こういち》に駆《か》けよる。

「ホントはしろうと相手《あいて》にやっちゃいけないんだけど、まあ悪《わる》い人《ひと》だし」

「いつも投《な》げとばされてる、おれや健太《けんた》はどうなる!?」

「光一《こういち》はしろうとじゃないし。健太《けんた》には手加減《てかげん》してるし」

……本当《ほんとう》か？

とにかく、これで赤星《あかぼし》も倒《たお》したな。

光一《こういち》は、床《ゆか》に転《ころ》げおちた赤星《あかぼし》のトランシーバーを拾《ひろ》うと、張《は》りつめていた息《いき》を吐《は》いた。

ここまでは、思《おも》ったより順調《じゅんちょう》だ。

この調子《ちょうし》なら、特《とく》に問題《もんだい》は――。

「五井《ごい》」

背後《はいご》から聞《き》こえた和馬《かずま》の渋《しぶ》い声《こえ》に、三人《にん》は振《ふ》りかえった。

いつも通《どお》りの無表情《むひょうじょう》に見《み》えるけれど、その眉間《みけん》のしわがいつもより深《ふか》い……気《き》がする。

もしかして、怒《おこ》ってるのか？

「ここは、黒田《くろだ》たちがいる職員室《しょくいんしつ》に近《ちか》い。もう少《すこ》し静《しず》かにした方《ほう》がいい。さっきの投《な》げ技《わざ》だって、五井《ごい》ならもう少《すこ》し音《おと》を立《た》てずにできたんじゃないのか」

「……あたしの投《な》げ方《かた》が悪《わる》かったってこと？」

不服《ふふく》そうにほほをふくらませながら、すみれは自分《じぶん》よりも身長《しんちょう》の高《たか》い和馬《かずま》を見上《みあ》げた。

「だいたい、赤星《あかぼし》が入《はい》ってきたときに、和馬《かずま》がすぐしばってくれてれば、あたしが出《で》なくてもよかったんじゃん。和馬《かずま》が頼《たよ》りないからでしょ？」

「オレは！　できる限《かぎ》り目立《めだ》たないように、慎重《しんちょう》に」

「ちょっと慎重《しんちょう》すぎるんじゃない？　そんなんじゃ、世界一《せかいいち》の名《な》が泣《な》いちゃうと思《おも》うけど！」

「すみれ。言《い》いすぎだ！」

間《あいだ》に入《はい》った光一《こういち》を避《さ》けて、すみれはくるりとそっぽを向《む》く。和馬《かずま》は、すみれの後頭部《こうとうぶ》を見《み》ながら、低《ひく》い声《こえ》でつぶやいた。

「こんな危《あぶ》なっかしいやつといっしょに動《うご》くなんてできない。まだ一人《ひとり》で動《うご》いた方《ほう》がマシだ」

「あたしだって、和馬《かずま》がこんなに意気地《いくじ》なしだったなんて、がっかりした！」

……ああもうっ！

「二人《ふたり》とも、ここまで来《き》て勝手《かって》なことを言《い》うなよ！　あともう少《すこ》しなんだ、協力《きょうりょく》してくれ。すみれは、風早《かぜはや》に謝《あやま》れよ」

「いーやっ！　なんであたしが光一《こういち》に、そんなこと指図《さしず》されなきゃいけないわけ!?」

「オレも、別《べつ》に五井《ごい》に謝《あやま》ってもらう必要《ひつよう》なんかない。悪《わる》いけど、帰《かえ》らせてもらう」

「なっ、風早《かぜはや》！」

「協力《きょうりょく》しようと思《おも》ったのが、まちがってた」

「っ……」

光一《こういち》は、ぐっと拳《こぶし》をにぎった。

和馬《かずま》の言葉《ことば》が、ぐさりと胸《むね》に刺《さ》さる。

せっかく、せっかくおれが、うまくやれる作戦《さくせん》を考《かんが》えたのに。

なんでみんな、そんなに——。

「……わかったよ。じゃあ、みんな勝手《かって》にすればいいだろ!?」

光一《こういち》は、ぎっと和馬《かずま》を見《み》かえすと、給食室《きゅうしょくしつ》の出入《でい》り口《ぐち》に向《む》かって歩《ある》きだした。

「あっ、光一《こういち》。待《ま》って！　ええっと、ほら、みんな緊張《きんちょう》して疲《つか》れてるんだよ。ちょっと、休憩《きゅうけい》した方《ほう》がいいんじゃないかなあ」

健太《けんた》が愛想笑《あいそわら》いをしながら、パーカーのポケットに手《て》を突《つ》っこむ。大量《たいりょう》にお菓子《かし》を入《い》れてきたのか、袋《ふくろ》の音《おと》がした。

ガサガサッ……ガガガッ
ん？　なんだ。今《いま》の音《おと》。

「おい、健太《けんた》……」

「光一《こういち》はなんにする？　あっ、そうそう。コーラ味《あじ》のあめもあるんだ。光一《こういち》、コーラ好《す》きだよね？」

「いや、そうじゃなくて……」

ガガッ、ガガガ……

これは……トランシーバーの音《おと》!?

光一《こういち》は、健太《けんた》が落《お》とした青木《あおき》のトランシーバーに駆《か》けよる。

プツッ

だれかが通話《つうわ》ボタンを押《お》した音《おと》が、ノイズに混《ま》ざった。

『おい。だれだ、おまえら……！』

この声《こえ》、もしかして黒田《くろだ》か!?

「えええ!?　ななな、なんでぼくたちのこと、バレちゃってるの!?」

健太《けんた》が震《ふる》える声《こえ》を上《あ》げながら、後《うし》ろによろめいた。

トランシーバーからも健太《けんた》の声《こえ》が聞《き》こえる！

さっき健太《けんた》が転《ころ》んだときに、通話《つうわ》モードになってたのか……！

どくりと、心臓《しんぞう》が嫌《いや》な音《おと》を立《た》てる。光一《こういち》が持《も》ったトランシーバーから、あざわらうような低《ひく》い笑《わら》い声《ごえ》が聞《き》こえた。

『はっ、まさか本当《ほんとう》にガキが入《はい》りこんでるなんてな』

威嚇射撃《いかくしゃげき》の時《とき》、拡声器《かくせいき》から聞《き》こえたものと同《おな》じ、ざらざらとした低《ひく》い声《こえ》。

やっぱり、黒田《くろだ》だ。

『その様子《ようす》だと、青木《あおき》も赤星《あかぼし》もやられたのか？』

光一《こういち》は、おぼつかない手《て》つきでトランシーバーのマイクを切《き》る。ごくりとつばを飲《の》みこむ音《おと》が、いやに大《おお》きく聞《き》こえた。

トランシーバーは、接続《せつぞく》しているすべての機器《きき》に聞《き》こえる。健太《けんた》が青木《あおき》の振《ふ》りをして話《はな》した内《ない》容《よう》も聞《き》かれてるはずだ。こちらの位置《いち》は、とっくにバレてる。

このままだと、ここでやつらとはちあわせする、最悪《さいあく》の事態《じたい》になる。

見《み》ると、健太《けんた》だけでなく、すみれと和馬《かずま》も、すっかり色《いろ》を失《うしな》っている。

ここは、おれがなんとかしないと。

立《た》ちどまってる場合《ばあい》じゃない……！

「すぐに、ここから離《はな》れよう。多分《たぶん》、拳銃《けんじゅう》を持《も》った黒田《くろだ》か白井《しらい》が来《く》る」

トランシーバーを持《も》ったまま、光一《こういち》は出入《でい》り口《ぐち》に足《あし》を向《む》けた。

「まずは、ここを出《で》て二階《かい》の――」

ぐらり

踏《ふ》みだした足《あし》が、ぐらついた。

あ。

反射的《はんしゃてき》に、腕時計《うでどけい》に目《め》をやる。

「……悪《わる》い」

「え？　まさか」

時間切《じかんぎ》れだ。

光一《こういち》は、その場《ば》にばったりと倒《たお》れこむ。なんとか目《め》を開《あ》けようとするが、まぶたが動《うご》かない。

家《いえ》を出《で》る前《まえ》に仮眠《かみん》をとってから、ちょうど三時間《じかん》。

作戦《さくせん》に集中《しゅうちゅう》しすぎて、おれとしたことがすっかり忘《わす》れてた。

つたく、こんなタイミングで！

「ちょっと、光一《こういち》！　今《いま》!?」

すみれが肩《かた》をつかんでがくがくと揺《ゆ》さぶってくるが、体《からだ》は動《うご》かない。

少《すこ》し口《くち》を開《ひら》くので、精《せい》いっぱいだ。

「おれはいいから……脱出《だっしゅつ》しろ」

「でも、今《いま》から黒田《くろだ》か白井《しらい》が来《く》るんでしょ!?　あたしたちがいなくなったら――」

「隠《かく》れてないで出《で》てこい！　いるのはわかってるんだぞ！」

廊下《ろうか》から、鋭《するど》い声《こえ》が聞《き》こえる。

せわしない足音《あしおと》が、今《いま》にもここにたどりつきそうだ。

「……わかった」

和馬《かずま》は光一《こういち》に向《む》かって静《しず》かにうなずくと、迷《まよ》いなくきびすを返《かえ》す。職員室《しょくいんしつ》とは反対側《はんたいがわ》にある、配膳室《はいぜんしつ》へとつながるドアを開《ひら》いた。

「五井《ごい》！　行《い》くぞ」

「えっ、でも!?」

「いいから、早《はや》く！」

和馬《かずま》に呼《よ》びかけられたすみれは、光一《こういち》の顔《かお》を一瞬《いっしゅん》見《み》たあと、立《た》ちあがってドアへと走《はし》りだした。

健太《けんた》は、すみれから光一《こういち》を受《う》けとると、きょろきょろとあたりを見《み》まわした。

「えええ、ぼくは？　ぼくはどうなるの!?」

「健太《けんた》は……」

言《い》いかけて、がっくりと力《ちから》が抜《ぬ》ける。

光一《こういち》は、給食室《きゅうしょくしつ》のど真《ま》ん中《なか》で、倒《たお》れるように眠《ねむ》りに落《お》ちたのだった。

16 決死《けっし》の暗闇大作戦《くらやみだいさくせん》

「光一《こういち》、ねえ光一《こういち》ってばあ。もう五分以上《ふんいじょう》たったよお……」

だれかが名前《なまえ》を呼《よ》びながら、強《つよ》く体《からだ》を揺《ゆ》さぶってくる。

朝《あさ》？　いや、それにしては床《ゆか》が固《かた》い。

光一《こういち》は、寝《ね》ぼけた頭《あたま》でようやく目《め》を開《あ》けた。

「……健太《けんた》か？」

「ああっ、起《お》きた！　ぼく一人《ひとり》でどうしようかと思《おも》ったよ～」

半泣《はんな》きながら、健太《けんた》がほっとした顔《かお》をする。その奥《おく》に、ちらりと人影《ひとかげ》が見《み》えた。

上品《じょうひん》なボブカットの女《おんな》の人《ひと》が、心配《しんぱい》そうに目《め》を細《ほそ》めて光一《こういち》を見《み》つめていた。

すぐに、すべてを思《おも》いだす。

学校《がっこう》にみんなで侵入《しんにゅう》したこと、作戦《さくせん》の途中《とちゅう》で眠《ねむ》ってしまったこと。

先生《せんせい》を助《たす》けるための——。

——橋本先生《はしもとせんせい》！

ガチャリ

「おっと、動《うご》くなよ」

立《た》ちあがろうとした光一《こういち》は、金属《きんぞく》の音《おと》が聞《き》こえて動《うご》きを止《と》める。

顔《かお》だけで、ゆっくり音《おと》がした方《ほう》を振《ふ》りむいた。

男《おとこ》の手《て》に収《おさ》まったそれは、職員室《しょくいんしつ》の明《あ》かりを浴《あ》びて不気味《ぶきみ》に黒《くろ》く光《ひか》っている。

拳銃《けんじゅう》！

職員用《しょくいんよう》のイスに腰掛《こしか》けながら、男《おとこ》は光一《こういち》を見《み》おろしていた。

右頬《みぎほほ》に大《おお》きな古傷《ふるきず》が入《はい》っている。

こいつが黒田《くろだ》か。

光一《こういち》のスマホは電源《でんげん》を切《き》られて、黒田《くろだ》の足元《あしもと》に置《お》かれていた。

黒田《くろだ》は、だらしなく座《すわ》っているように見《み》えるが、すきがない。

赤星《あかぼし》ほどではないけれど、体《からだ》はがっしりとしている。距離《きょり》を取《と》りたくなるような威圧感《いあつかん》があった。

橋本先生《はしもとせんせい》のすぐそばには、白井《しらい》が控《ひか》えている。こちらは華奢《きゃしゃ》で、ひょろひょろと縦《たて》に長《なが》い。

五人《にん》だけの職員室《しょくいんしつ》は、いつもよりがらんとして広《ひろ》く見《み》える。

すみれと和馬《かずま》は――。

「運《はこ》ばれてくる間《あいだ》もずっと寝《ね》てるなんて、のんきなガキだな」

黒田《くろだ》が、大声《おおごえ》を上《あ》げて笑《わら》う。光一《こういち》は、むっとして顔《かお》をそむけた。

しょうがないだろ。おれだって、寝《ね》たくて寝《ね》たわけじゃないんだ。

「なんでここに来《き》たのかは知《し》らねえが、大人《おとな》しくしとくんだな。他《ほか》のガキも、あとで捕《つか》まえてやる。おまえらは新《あたら》しい人質《ひとじち》だ」

「待《ま》ってください！」

白井《しらい》に捕《つか》まったまま、橋本先生《はしもとせんせい》が腰《こし》を浮《う》かせた。

「子《こ》どもの二人《ふたり》は、解放《かいほう》してください。わたしが、ちゃんと人質《ひとじち》になりますから」

「うるせえ。今度《こんど》は、本当《ほんとう》に撃《う》つぞ」

「先生《せんせい》、おれたちはだいじょうぶですから」

「でも、徳川《とくがわ》くん……」

橋本先生《はしもとせんせい》が、心配《しんぱい》そうに顔《かお》をゆがめる。

そんな不安《ふあん》そうな表情《ひょうじょう》をさせるのが、悔《くや》しい。

本当《ほんとう》は、颯爽《さっそう》と先生《せんせい》を助《たす》けるはずだったんだけどな。

光一《こういち》は健太《けんた》に顔《かお》を寄《よ》せると、黒田《くろだ》に聞《き》こえないよう注意《ちゅうい》しながら小声《こごえ》でささやいた。

「赤星《あかぼし》は、どうなった？」

「給食室《きゅうしょくしつ》に置《お》いてきたよ。白井《しらい》がふたを開《あ》けたけど、起《お》きなかったから」

「そうか。それと、二人《ふたり》は、ちゃんと逃《に》げたよな？」

「うん。たぶんだけど……」

健太《けんた》が、自信《じしん》なさそうにつぶやいた。

光一《こういち》は、はあっとため息《いき》をつく。腕《うで》を組《く》もうとして、後《うし》ろ手《で》にしばられていることに気《き》づくと、またため息《いき》が出《で》た。

最初《さいしょ》の計画《けいかく》では、赤星《あかぼし》を倒《たお》したあと、四人《にん》で職員室《しょくいんしつ》に奇襲《きしゅう》をかける作戦《さくせん》だった。

職員室《しょくいんしつ》の電気《でんき》を落《お》として、黒田《くろだ》の視界《しかい》を奪《うば》い、そのすきに拳銃《けんじゅう》を無効化《むこうか》。風早《かぜはや》とすみれに協力《きょうりょく》してもらって、まず黒田《くろだ》を押《お》さえる。続《つづ》いて、白井《しらい》も取《と》り押《お》さえて橋本先生《はしもとせんせい》を解放《かいほう》する——。

作戦会議《さくせんかいぎ》のときに、黒田《くろだ》に奇襲《きしゅう》をかけるとは説明《せつめい》していた。でもそれだけで、ちゃんと職員室《しょくいんしつ》まで追《お》ってきているだろうか。

それ以前《いぜん》に、あんなところでミスって寝《ね》てしまうようじゃ、見捨《みす》てられても文句《もんく》は言《い》えない。

運動神経《うんどうしんけい》のいい二人《ふたり》だ。愛想《あいそ》をつかして、さっさと離脱《りだつ》してしまったかもしれない。

……安全《あんぜん》のためには、それでいいんだけど。

「二人《ふたり》とも、怒《おこ》ってるよな」

「え、なんで？」

「なんでって、おれ、あんなときに寝《ね》こんだし。ひどいことも言《い》ったし」

本当《ほんとう》は、あそこでおれがちゃんと、二人《ふたり》と話《はな》さなきゃいけなかったのに。

風早《かぜはや》が何《なに》か言《い》いたそうだって、気《き》づいてたのに。

すみれが音《おと》を立《た》てるかもしれないって、予想《よそう》してたのに。

健太《けんた》も巻《ま》きこんで。橋本先生《はしもとせんせい》も、さらに危険《きけん》な目《め》に遭《あ》わせて……。

——全部《ぜんぶ》、おれのミスだ。

「おれのせいでみんなが危険《きけん》になったんだから、当《あ》たり前《まえ》だろ。リーダー失格《しっかく》だ」

「そうかなあ……」

健太《けんた》は、ううんとうなりながら首《くび》をかしげた。

「じゃあさ、ぼくがトランシーバーをオンにしちゃったこと、光一《こういち》はめちゃくちゃ怒《おこ》ってる？

それで、ぼくを見捨《みす》てちゃったりする？」

「そんなわけ――」

ない。

そう言《い》おうとした光一《こういち》に、健太《けんた》が不安《ふあん》そうな視線《しせん》を送《おく》る。

「ね？　ね？　そんなわけないよね？　見捨《みす》てたりしないよね!?」

光一《こういち》は思《おも》わず、ぷっと吹《ふ》きだした。

「……たしかに、おれは健太《けんた》のミスは気《き》にしてない。それくらい、予想《よそう》の範囲内《はんいない》だ」

「よかったあ、って、そんなあ～」

ひどいよ光一《こういち》～と言《い》いながら、健太《けんた》が、はあっとため息《いき》をつく。

健太《けんた》と話《はな》してると、なんか元気《げんき》がでるんだよな。

……信《しん》じてもいいのか。

二人《ふたり》が戻《もど》ってきて、まだおれの作戦《さくせん》を実行《じっこう》しようと思《おも》ってくれてるって。

おれと健太《けんた》を、助《たす》けようとしてくれてるって。

ただの希望的観測《きぼうてきかんそく》かもしれないけど。

でも、もしもそうなら――きっかけは、おれが作《つく》らないと。

決意《けつい》をこめて、黒田《くろだ》に目《め》を向《む》ける。

しっかりとにぎられた、黒《くろ》い拳銃《けんじゅう》。

つばを飲《の》みこむと、いやな音《おと》がした。

……危険《きけん》な賭《か》けだけど、おれはやる。

すみれと和馬《かずま》を、信《しん》じる。

光一《こういち》は床《ゆか》に座《すわ》りこんだまま、鋭《するど》い視線《しせん》で黒田《くろだ》を正面《しょうめん》から見上《みあ》げた。

「なあ、おれと取引《とりひき》しないか？」

「取引《とりひき》？」

黒田《くろだ》は、うさんくさそうに片目《かため》を細《ほそ》める。

つっといやな汗《あせ》が背中《せなか》を流《なが》れる。光一《こういち》は、わざと口《くち》の端《はし》を上《あ》げた。

「人質《ひとじち》が多《おお》いと、デメリットもある。今《いま》、そっちにはろくに動《うご》ける人間《にんげん》が二人《ふたり》しかいないから、三人《にん》を見張《みは》るのはめんどうなはずだ」

「それは、まあ……」

光一《こういち》の言葉《ことば》に、白井《しらい》がぼそぼそとうなずく。けれど、黒田《くろだ》にひとにらみされて、ひぃっと言葉《ことば》を飲《の》みこんだ。

「ここに侵入《しんにゅう》したメンバーのリーダーはおれだ。他《ほか》のやつらは、おれが誘《さそ》っただけだから関係《かんけい》ない。だから、ここにいる二人《ふたり》を解放《かいほう》して、おれを人質《ひとじち》にしてくれ」

「こっ、ここ光一《こういち》!?」

「徳川《とくがわ》くん！」

健太《けんた》と橋本先生《はしもとせんせい》が声《こえ》を上《あ》げる。けれど、光一《こういち》は振《ふ》りかえらない。

黒田《くろだ》がイスから立《た》ちあがり、光一《こういち》の前《まえ》に出《で》る。近《ちか》くからだと、その体《からだ》はますます大《おお》きく見《み》えた。

「おまえはオレに捕《つか》まってる。なのに、対等《たいとう》な取引《とりひき》ができると思《おも》うのか？」

その手元《てもと》にある拳銃《けんじゅう》を見《み》そうになって、光一《こういち》はなんとか気《き》を散《ち》らす。

拳銃《けんじゅう》を持《も》った大人《おとな》と、捕《つか》まった子《こ》ども。どう見《み》たって分《ぶ》が悪《わる》いのはこっちだ。

でも、ここで引《ひ》くわけにはいかない。

引《ひ》く気《き》なんか、ない。

「黒田《くろだ》さん。あんた本当《ほんとう》は、おれのことが恐《こわ》いんだろ？」

光一《こういち》は余裕《よゆう》そうな表情《ひょうじょう》を作《つく》って、はっと息《いき》をはいた。その場《ば》にゆっくりと立《た》ちあがる。

「はあ？」

「青木《あおき》も赤星《あかぼし》も、おれの作戦《さくせん》にはまってやられたんだ。この脱獄犯《だつごくはん》のリーダーは黒田《くろだ》さん、あんただよな。つまり、あんたがおれにやられたのも同《おな》じってことだ」

本当《ほんとう》は、目上《めうえ》の人《ひと》にこんな言葉《ことば》、使《つか》っちゃいけないんだけど。

黒田《くろだ》の顔《かお》が、怒《いか》りでみるみる赤《あか》くなる。光一《こういち》の横《よこ》で、同《おな》じくらいの速度《そくど》で健太《けんた》が顔《かお》を青《あお》くした。

「ここここ、光一《こういち》。そんなこと言《い》ったら……」

「黙《だま》って聞《き》いてりゃ、いい気《き》になりやがって！」

ガン、ガラガラ……

黒田《くろだ》が、さっきまで座《すわ》っていたイスを蹴《け》とばす。

イスは職員用《しょくいんよう》の机《つくえ》に当《あ》たって、さらにガタガタンと大《おお》きな音《おと》を立《た》てて倒《たお》れた。

「物《もの》に当《あ》たったり、大《おお》きな音《おと》をわざと立《た》てたりする八《や》つ当《あ》たりは、心理学《しんりがく》で〈置《お》き換《か》え〉の一種《いっしゅ》に分類《ぶんるい》される。不安《ふあん》や恐怖《きょうふ》、怒《いか》りを処理《しょり》しきれないときに起《お》こす――余裕《よゆう》のない証拠《しょうこ》だ」

音《おと》が反響《はんきょう》した後《あと》の静寂《せいじゃく》の中《なか》で、光一《こういち》ははっきりと言《い》いきった。

「おれと違《ちが》って、あんたがいっしょに行動《こうどう》しているのは、ただの共犯者《きょうはんしゃ》だ。心《こころ》から信頼《しんらい》できる仲《なか》間《ま》なんか一人《ひとり》もいない」

黒田《くろだ》が角《かく》ばった大《おお》きな手《て》で、拳銃《けんじゅう》を強《つよ》くにぎりなおす。

まだ銃口《じゅうこう》はこっちを向《む》いていない。

でも、もう時間《じかん》の問題《もんだい》だ。

「この上《うえ》、おれとの取引《とりひき》になんて乗《の》ったら、どんな目《め》に遭《あ》うかわからない。やっぱり、おれが恐《こわ》いんだろ。大人《おとな》のあんたより、子《こ》どものおれの方《ほう》が賢《かしこ》いからな」

黒田《くろだ》の腕《うで》が、目《め》の前《まえ》で持《も》ちあがる。

拳銃《けんじゅう》が、ぐっと近《ちか》づいた。

「おまえは、よほどオレに撃《う》たれたいらしいな」

——あと一押《ひとお》し！

「撃《う》ちたいのはあんただろ。あんたは銃《じゅう》に頼《たよ》らないと、目《め》の前《まえ》の子《こ》どもにすら負《ま》けるんだ！」

「徳川《とくがわ》くん、危《あぶ》ない！」

バーン!!

「キャ——————!!」

橋本先生《はしもとせんせい》が、大《おお》きな叫《さけ》び声《ごえ》を上《あ》げた。

銃声《じゅうせい》の残響《ざんきょう》で、耳《みみ》が痛《いた》くなる。それでも光一《こういち》は、じっと黒田《くろだ》を見上《みあ》げつづけていた。

体《からだ》はどこも痛《いた》くない。

足元《あしもと》を見《み》おろすと、数十《すう》センチ先《さき》の床《ゆか》から、ぶすぶすと細《ほそ》い煙《けむり》が上《あ》がっている。

引《ひ》きつった笑《わら》い顔《がお》の黒田《くろだ》が、銃口《じゅうこう》から出《で》た煙《けむり》をふっと吹《ふ》きけした。

「今《いま》のは、外《はず》してやったんだ。次《つぎ》にバカなことを言《い》ったら、しっかり体《からだ》に当《あ》ててやるからな」

黒田《くろだ》の脅《おど》しが、耳《みみ》をすり抜《ぬ》けていく。気《き》がつくと、光一《こういち》は笑《わら》いだしていた。

「それは無理《むり》だな」

「なんだと？」

「無理《むり》だって言《い》ったんだ。あんたは負《ま》けたんだよ。うそだと思《おも》うなら、もう一回《いっかい》撃《う》ってみれば？」

「こっんの、大人《おとな》をなめやがって！」

黒田《くろだ》が銃口《じゅうこう》をつきつける。光一《こういち》に狙《ねら》いをつけて——。

「本当《ほんとう》に撃《う》たれなきゃ、わからないらしいな!!」

「あんたは、大《おお》バカだ」

「てめぇ！」

引《ひ》き金《がね》を引《ひ》いた。

カチッ、カチカチ
黒田《くろだ》は何度《なんど》も引《ひ》き金《がね》を引《ひ》く。

「だから、もう負《ま》けたって言《い》っただろ。その銃《じゅう》は弾切《たまぎ》れだ」

光一《こういち》は空《から》になったリボルバーを見《み》ながら言《い》った。

「そんなはずない。この拳銃《けんじゅう》には、弾《たま》が五発入《はっはい》るはずだ」

「それは、刑務官《けいむかん》から奪《うば》ってきた銃《じゅう》なんだろ。警察官《けいさつかん》が使《つか》う拳銃《けんじゅう》は、威嚇《いかく》のために一発《ぱつ》だけ弾《たま》が抜《ぬ》いてある。だから、四発《ぱつ》しか弾《たま》が入《はい》ってないんだ」

最初《さいしょ》に、刑務所《けいむしょ》から脱獄《だつごく》したときが一発目《ぱつめ》。

ここに着《つ》いて、橋本先生《はしもとせんせい》を人質《ひとじち》に取《と》るための威嚇射撃《いかくしゃげき》が二発目《はつめ》。

今《いま》さっき、外《そと》でクリスが起《お》こした騒動《そうどう》を鎮《しず》めるための三発目《ぱつめ》。

光一《こういち》は手《て》をしばられたまま、黒田《くろだ》を鋭《するど》い視線《しせん》でにらんだ。

「今《いま》、おれの挑発《ちょうはつ》に乗《の》って撃《う》ったのが最後《さいご》の四発目《ぱつめ》だったんだ」

「ちくしょうッ！」

黒田《くろだ》が、弾切《たまぎ》れの拳銃《けんじゅう》を床《ゆか》に投《な》げつける。ゴドンッと鈍《にぶ》い音《おと》を立《た》てて、拳銃《けんじゅう》は光一《こういち》の足元《あしもと》に転《ころ》がった。

はっと顔《かお》を上《あ》げると、黒田《くろだ》がつかみかかってきていた。

……多分《たぶん》、二人《ふたり》はいる。

いてくれる。

「すみれ、風早《かぜはや》。今《いま》だ！」

光一《こういち》は大声《おおごえ》で叫《さけ》ぶと、静《しず》かに目《め》を閉《と》じた。


光一《こういち》の声《こえ》が、職員室《しょくいんしつ》に響《ひび》く。

すみれは、開《あ》けはなたれたドアからちょっとだけ顔《かお》を出《だ》して、その様子《ようす》を見《み》ていた。

後《うし》ろのドアに控《ひか》えている和馬《かずま》と、目《め》で一瞬《いっしゅん》、合図《あいず》する。

和馬《かずま》と給食室《きゅうしょくしつ》から逃《に》げた後《あと》、すみれたちはどうするか二人《ふたり》で話《はな》しあった。

てっきり、和馬《かずま》は一人《ひとり》で逃《に》げるのかと思《おも》った。そのために、あの場《ば》から離《はな》れたと思《おも》ったから。

でも、和馬《かずま》は意外《いがい》にも自分《じぶん》から、こう言《い》いだした。

身軽《みがる》な自分《じぶん》たち二人《ふたり》で職員室《しょくいんしつ》に向《む》かい、徳川《とくがわ》と健太《けんた》を助《たす》けよう。

そして、もし徳川《とくがわ》がまだあきらめてないなら——。

……和馬《かずま》も、案外《あんがい》いいやつじゃん。

すみれは、手《て》に持《も》ったボールをにぎりなおすと、職員室《しょくいんしつ》の後《うし》ろに狙《ねら》いをつけた。

学校《がっこう》の、全部《ぜんぶ》の電気《でんき》がコントロールできる配電盤《はいでんばん》。

ブレーカーが、何《なん》十個《こ》もずらずらっと並《なら》んでる。

当《あ》てるのは、その右端《みぎはし》の一番上《いちばんうえ》。校内全部《こうないぜんぶ》の電気《でんき》を落《お》とすブレーカーだ。

助《すけ》っ人《と》で出《で》る野球《やきゅう》の試合《しあい》より、どきどきする。

銃《じゅう》は光一《こういち》が無力化《むりょくか》してくれた。だから、あたしと和馬《かずま》で絶対《ぜったい》に黒田《くろだ》を倒《たお》すっ！

深《ふか》く深《ふか》く、呼吸《こきゅう》をする。

集中《しゅうちゅう》して……。

この角度《かくど》！

「えいっ！」

すみれは、ぶんと腕《うで》をいきおいよく振《ふ》った。

ボールは、ひゅっと勢《いきお》いよく職員室《しょくいんしつ》を斜《なな》めに抜《ぬ》けて、配電盤《はいでんばん》に一直線《いっちょくせん》。

ブレーカーにボールが当《あ》たった瞬間《しゅんかん》、バチーンと音《おと》を立《た》てて、電気《でんき》が落《お》ちる。

光一《こういち》が目《め》を開《あ》けると、さっきまで昼《ひる》みたいに明《あか》るかった職員室《しょくいんしつ》は、一気《いっき》に真《ま》っ暗《くら》になっていた。

けれど、目《め》を閉《と》じて準備《じゅんび》していたから、何《なに》も見《み》えないってほどじゃない。

光一《こういち》に飛《と》びかかろうとした黒田《くろだ》が、暗闇《くらやみ》の中《なか》で立《た》ちどまる。和馬《かずま》は廊下《ろうか》から、黒田《くろだ》の顔《かお》にぱっと強烈《きょうれつ》な懐中電灯《かいちゅうでんとう》の光《ひかり》を当《あ》てた。

「なんだ!?」

廊下《ろうか》との間《あいだ》にある窓《まど》を飛《と》びこして、和馬《かずま》は職員室《しょくいんしつ》の床《ゆか》に鮮《あざ》やかに着地《ちゃくち》する。

大縄《おおなわ》の先《さき》にある輪《わ》が、目《め》がくらんだ黒田《くろだ》の足《あし》にからみついたかと思《おも》うと、足元《あしもと》から肩《かた》まで見《み》る間《ま》に縄《なわ》が巻《ま》きついた。

縄《なわ》が黒田《くろだ》の肩《かた》まで来《き》た瞬間《しゅんかん》に、和馬《かずま》が一瞬《いっしゅん》で結《むす》び目《め》を作《つく》る。

これで、絶対《ぜったい》に自分《じぶん》で解《と》くことはできない。

ずどんと、黒田《くろだ》の大《おお》きな体《からだ》が倒《たお》れる音《おと》が響《ひび》きおわると、職員室《しょくいんしつ》には再《ふたた》び静《しず》けさが戻《もど》っていた。

「もしかして……助《たす》かったあ?」

さっきから一ミリも動《うご》いていなかった健太《けんた》が、光一《こういち》の背後《はいご》から弱々《よわよわ》しい声《こえ》を上《あ》げた。

17 もうひとつのナゾ

「はあ……」

さすがに、冷《ひ》や汗《あせ》かいた。

すみれに手首《てくび》の縄《なわ》を切《き》ってもらいながら、光一《こういち》は息《いき》を吐《は》きだした。

けがをした人質《ひとじち》は、足手《あしで》まといになる。だから、脅《おど》し以外《いがい》でいきなり撃《う》ったりはしない。

黒田《くろだ》がそう判断《はんだん》すると思《おも》ったから、使《つか》った手《て》だったけど。

「あーもう、びっくりした。黒田《くろだ》を怒《おこ》らせはじめたときは、止《と》めに入《はい》ろうかと思《おも》ったじゃん」

すみれはぶつぶつ言《い》いながら、光一《こういち》から外《はず》した縄《なわ》を放《ほう》りなげた。

「悪《わる》い。すみれと風早《かざはや》が準備《じゅんび》してくれてて、助《たす》かった」

「あたしたちが逃《に》げちゃってたら、どうしたわけ？」

「たぶん、やられてただろうな」

「なにそれ？　光一《こういち》にしては当《あ》てずっぽうすぎじゃない？」

それだけ、二人《ふたり》のことを信《しん》じてたってことだよ。

光一《こういち》は少《すこ》しバツが悪《わる》くなって、すみれから目《め》をそらす。

「……ありがとな。戻《もど》ってきてくれて」

「もー、あったりまえじゃん！」

すみれが、ばーんと勢《いきお》いよく光一《こういち》の背《せ》を叩《たた》いた。

「痛《いた》っ!?」

だから、もう少《すこ》し優《やさ》しくしろよ!?

「お礼《れい》は和馬《かずま》に言《い》ったら？　あの時《とき》、逃《に》げられたのは、とっさに動《うご》いてくれた和馬《かずま》の──」

「徳川《とくがわ》、大変《たいへん》だ」

黒田《くろだ》をしばりあげた和馬《かずま》が、光一《こういち》に駆《か》けよる。解放《かいほう》された健太《けんた》も、暗闇《くらやみ》の中《なか》よろよろと三人《にん》に近《ちか》よった。

「橋本先生《はしもとせんせい》がいない」

「なっ！　でも、今《いま》さっきそこに」

「それが、白井《しらい》もいないんだよ！　もしかして、先生《せんせい》を連《つ》れて逃《に》げちゃったんじゃあ……」

「でも、白井《しらい》ってこの中《なか》で一番弱《いちばんよわ》そうだったじゃん。拳銃《けんじゅう》はもうなくなったんだし、大《たい》したことできないんじゃない？　そんなに焦《あせ》らなくても」

「いや、マズい。さっきの銃声《じゅうせい》を聞《き》いて、機動隊《きどうたい》が突入《とつにゅう》を早《はや》めるかもしれない。白井《しらい》が学校《がっこう》に隠《かく》れると探《さが》すのに時間《じかん》がかかる……！」

光一《こういち》は、床《ゆか》に落《お》ちていた自分《じぶん》のスマホを拾《ひろ》う。電源《でんげん》を入《い》れた瞬間《しゅんかん》、着信《ちゃくしん》の画面《がめん》に切《き》りかわった。

『みんなっ、無事《ぶじ》!?』

通話《つうわ》ボタンを押《お》すとすぐに、耳《みみ》をつんざくようなクリスの声《こえ》が辺《あた》りに響《ひび》きわたる。

『突然《とつぜん》、電話《でんわ》は切《き》れるし、かけてもかけても通《つう》じないし……わたし、心配《しんぱい》で……』

「ちょっとトラブってたんだ。悪《わる》い」

「いやあ、ホントひやひやしたよ」

「でもその代《か》わり、黒田《くろだ》はもうやっつけたから」

すみれと健太《けんた》が、横合《よこあ》いから茶々《ちゃちゃ》を入《い》れる。

「青木《あおき》も赤星《あかぼし》も押《お》さえたし、残《のこ》りの白井《しらい》は余裕《よゆう》――」

『白井《しらい》……!?』

なんだ？　この反応《はんのう》。

光一《こういち》はきょとんとしながら、三人《にん》と顔《かお》を見《み》あわせた。

「……何《なに》か問題《もんだい》なのか？」

『大問題《だいもんだい》よ。徳川《とくがわ》くんの指示通《しじどお》り、今井刑事《いまいけいじ》の質問《しつもん》をはぐらかしたり、話《はなし》を引《ひ》きのばしたりして、なんとかテントに張《は》りついてたの。そしたら、大変《たいへん》なことを聞《き》いちゃって……』

クリスは一呼吸《ひとこきゅう》おくと、思《おも》いきったように話《はな》しだした。

『今回《こんかい》の事件《じけん》は、ただの立《た》てこもり事件《じけん》じゃなかったの。警察《けいさつ》には、どうしても犯人《はんにん》を逃《に》がせない事情《じじょう》があったのよ』

「そりゃ、黒田《くろだ》も赤星《あかぼし》も危険人物《きけんじんぶつ》だし、青木《あおき》も余罪《よざい》が」

『そういうレベルじゃないわ。あの白井《しらい》は世界的《せかいてき》に有名《ゆうめい》な窃盗団《せっとうだん》〈レッドバタフライ〉の一員《いちいん》だって疑《うたが》われているの！』

「白井《しらい》が!?」

「そんなふうには見《み》えなかったなあ」

『証拠《しょうこ》を押《お》さえたわけじゃないし、本人《ほんにん》も否認《ひにん》してるから、警察《けいさつ》も、それ以上追及《いじょうついきゅう》できなかったみたいだけど……』

レッドバタフライといえば、狙《ねら》われたものは必《かなら》ず盗《ぬす》まれると噂《うわさ》の、世界的窃盗団《せかいてきせっとうだん》だ。

世界中《せかいじゅう》の警察《けいさつ》がレッドバタフライを追《お》いかけているが、まだその全容《ぜんよう》はつかめていない。

なにせ、組織《そしき》の規模《きぼ》も所属《しょぞく》メンバーも、多《おお》くが謎《なぞ》に包《つつ》まれているのだ。

数少《かずすく》ない容疑者《ようぎしゃ》は、警察《けいさつ》も絶対《ぜったい》に逃《に》がしたくないだろう。

記憶《きおく》をめぐらすように、光一《こういち》はスマホの角《かど》を指《ゆび》でなぞった。

「白井《しらい》は、逮捕《たいほ》されてから三年《ねん》たってる。つまり、それよりも前《まえ》に起《お》きたレッドバタフライの事《じ》件《けん》と関連《かんれん》があるってことか。そういえば、ちょうど三年前《ねんまえ》に事件《じけん》が起《お》きてる」

『どんな事件《じけん》なの？』

「都内《とない》の宝飾店《ほうしょくてん》から、世界最大《せかいさいだい》クラスのブルーダイヤが盗《ぬす》まれた窃盗事件《せっとうじけん》だ。白井《しらい》が、交通事故《こうつうじこ》で逮捕《たいほ》された日《ひ》とも合致《がっち》してる。窃盗事件《せっとうじけん》が起《お》きた数時間後《すうじかんご》に、白井《しらい》は逮捕《たいほ》されているんだ」

「よくそんなことまで覚《おぼ》えてるな」

和馬《かずま》が、眉《まゆ》をくもらせる。

おれとしては風早《かぜはや》の身体能力《しんたいのうりょく》の方《ほう》が、不思議《ふしぎ》でしょうがないけどな。

「ん？　白井《しらい》はブルーダイヤを盗《ぬす》んだ日《ひ》に捕《つか》まったんだよね？　でも、その時《とき》にはもうダイヤはなくなってたってこと？」

「証拠《しょうこ》がないって言《い》ってるから、そうなんだろうな」

白井《しらい》がブルーダイヤを盗《ぬす》んでから捕《つか》まるまで、ほとんど間《ま》がない。

ダイヤを遠《とお》くへ持《も》ちだすことはできなかったはずだけど……。

「ねえ、光一《こういち》。ちなみに、そのブルーダイヤって、いくらくらいするの？」

「世界《せかい》で一番大《いちばんおお》きいってことは、一億円《おくえん》くらい？」

すみれと健太《けんた》が、じゅるりとよだれをたらす。

また、まいう～棒《ぼう》に換算《かんさん》してるな。

「いや、一億《おく》じゃくだらない。盗《ぬす》まれた当時《とうじ》でも、時価《じか》十億《おく》はしたはずだ」

「じゅじゅじゅじゅっ、十億《おく》!?」

「つまり、まいう～棒《ぼう》が２７４０年分《ねんぶん》!?」

『お、おかしで計算《けいさん》しなくても……』

クリスのあきれた声《こえ》が、スマホの向《む》こうから聞《き》こえた。

光一《こういち》は、ウエストポーチにしまっていた図面《ずめん》を広《ひろ》げる。

「すぐに追《お》いかけよう。手分《てわ》けして――」

でも、どこから？

校舎《こうしゃ》の中《なか》を、一階《かい》から全部調《ぜんぶしら》べなおす？　だめだ、そんな時間《じかん》はない。

確実《かくじつ》に白井《しらい》を押《お》さえて、橋本先生《はしもとせんせい》を助《たす》けるには、あいつが逃《に》げこんだ場所《ばしょ》を推理《すいり》するしかない。

光一《こういち》は腕《うで》を組《く》んで、あごに手《て》を当《あ》てると、静《しず》かに目《め》を閉《と》じた。

周囲《しゅうい》の音《おと》が遠《とお》ざかって、思考《しこう》がクリアになる。

白井《しらい》はレッドバタフライの一員《いちいん》で、ブルーダイヤの窃盗事件《せっとうじけん》を起《お》こした。

ダイヤを盗《ぬす》んだ数時間後《すうじかんご》に白井《しらい》は逮捕《たいほ》されたが、すでにダイヤを所持《しょじ》していなかった。

ブルーダイヤが盗《ぬす》まれたのは、三年前《ねんまえ》……、三年前《ねんまえ》？

目《め》を開《ひら》くと、三人《にん》が、かたずをのんで見守《みまも》っていた。

「……白井《しらい》が逃《に》げこんだ場所《ばしょ》が、わかった」

まさか、こんな大事件《だいじけん》につながっていたなんてな。

光一《こういち》は、図面《ずめん》を適当《てきとう》に折《お》りたたんで、ポーチ

に押《お》しこんだ。目的地《もくてきち》に向《む》かって、一目散《いちもくさん》に走《はし》りだす。

「ねえ、どこいくの!? 光一《こういち》」

すみれが、光一《こういち》を追《お》いかけながら叫《さけ》んだ。

「——十億円《おくえん》のブルーダイヤのところだ」

光一《こういち》がそう言《い》うと、すみれは、頭《あたま》の上《うえ》にはてなマークを浮《う》かべたような、珍妙《ちんみょう》な顔《かお》をした。

18 最後《さいご》の挑戦《ちょうせん》

学校《がっこう》の裏庭《うらにわ》に、ザッザッと土《つち》を掘《ほ》りかえす音《おと》が響《ひび》く。

教室棟《きょうしつとう》の裏《うら》にある、大《おお》きな銀杏《いちょう》の木《き》からだ。

この木《き》は、三《み》ツ谷《や》小《しょう》ができたときからずっとある。

その根元《ねもと》から目当《めあ》てのものを見《み》つけると、白井《しらい》は手《て》に持《も》っていたスコップを放《ほう》りなげた。

少《すこ》し湿《しめ》った土《つち》の中《なか》から出《で》てきたのは、がっちりとした作《つく》りの特殊《とくしゅ》なアタッシュケース。

暗証番号《あんしょうばんごう》を入《い》れた瞬間《しゅんかん》、ふたがカチリと音《おと》を立《た》てると、白井《しらい》はにやりと不気味《ぶきみ》に笑《わら》った。

「よし、これで――」

「作戦《さくせん》は99%成功《せいこう》、ってところか?」

予想《よそう》もしない声《こえ》に、白井《しらい》はさっとあたりに視線《しせん》を走《はし》らせる。

数《すう》メートル先《さき》に、いつの間《ま》にか人影《ひとかげ》があった。

少《すこ》し毛先《けさき》のはねた黒髪《くろかみ》。ボーダーのシンプルなT《ティー》シャツに、細身《ほそみ》のパンツ。

クールな顔《かお》に笑《え》みを浮《う》かべて、一人《ひとり》の少年《しょうねん》が静《しず》かに立《た》っていた。

「ああ、さっきの男《おとこ》の子《こ》か。まさか、黒田《くろだ》を挑発《ちょうはつ》して弾切《たまぎ》れを起《お》こさせるなんてね。想像《そうぞう》もしてなかったよ」

白井《しらい》が、余裕《よゆう》たっぷりに光一《こういち》を見《み》かえす。

さっきまでのおどおどした様子《ようす》は、仲間《なかま》を油断《ゆだん》させるための演技《えんぎ》だったらしい。

光一《こういち》は、白井《しらい》の奥《おく》にすばやく目《め》を向《む》ける。橋本先生《はしもとせんせい》は、木《き》の根元《ねもと》に座《すわ》らされていた。

けがはなさそうで、少《すこ》しほっとする。

「先生《せんせい》を助《たす》けるために、追《お》いかけてきたのかい？　よくここがわかったね。てっきり、学校中《がっこうじゅう》を探《さが》しまわるかと思《おも》っていた」

「なんで、この場所《ばしょ》がすぐわかったんだと思《おも》う？」

「さあ、見当《けんとう》もつかないな。ぜひ聞《き》きたいね」

「うちの優秀《ゆうしゅう》な調査員《ちょうさいん》から、とっておきの情報《じょうほう》を教《おし》えてもらえたからだ」

光一《こういち》は突《つ》きだした右手《みぎて》で、白井《しらい》を指《ゆび》さした。

「あんたがブルーダイヤを盗《ぬす》んだ、レッドバタフライのメンバーなんだ、って」

裏庭《うらにわ》は、校庭《こうてい》からは校舎《こうしゃ》のかげになっていて、まったく見《み》ることができない場所《ばしょ》にある。

再《ふたた》び点灯《てんとう》させた校舎《こうしゃ》の明《あ》かりが、かすかに光一《こういち》と白井《しらい》を照《て》らしていた。

「三年前《ねんまえ》、あんたは宝飾店《ほうしょくてん》からブルーダイヤを盗《ぬす》んだ。けれど、逃走中《とうそうちゅう》に交通事故《こうつうじこ》を起《お》こして、警察《けいさつ》に追跡《ついせき》されるはめになってしまったんだ」

「それで?」

白井《しらい》は、アタッシュケースを指《ゆび》でこつこつと叩《たた》いた。

「このままでは、ダイヤを警察《けいさつ》に回収《かいしゅう》された上《うえ》、足《あし》が付《つ》いてしまう。そこで、あんたは一計《いっけい》を案《あん》じた。偶然通《ぐうぜんとお》りかかったこの三ツ谷小《みつやしょう》に、隠《かく》せばいいんじゃないかってな」

あたりは奇妙《きみょう》なくらい、しんとしていた。正門《せいもん》のけん騒《そう》が、うそみたいに遠《とお》くに聞《き》こえる。

暗《くら》く静《しず》かな裏庭《うらにわ》に、光一《こういち》の声《こえ》だけが響《ひび》いた。

「そのころ、ちょうど三ツ谷小《みつやしょう》は改修工事《かいしゅうこうじ》が始《はじ》まっていた。校舎《こうしゃ》の周《まわ》りには、工事用《こうじよう》の足場《あしば》が組《く》まれていたけれど、一か所《しょ》だけその足場《あしば》がないところがあった。そこなら、工事《こうじ》で掘《ほ》りかえされることもない——そう踏《ふ》んで、あんたはブルーダイヤを埋《う》めたんだ。この裏庭《うらにわ》に」

光一《こういち》は、ドンとかかとで地面《じめん》を踏《ふ》みならす。

「大樹《たいじゅ》の根元《ねもと》なら絶対《ぜったい》に改修《かいしゅう》しないからな」

光一《こういち》がそう言《い》った瞬間《しゅんかん》、白井《しらい》はアタッシュケースから手《て》を離《はな》して、ぱちぱちと小《ちい》さく拍手《はくしゅ》した。

「すごいじゃないか。まるで、探偵《たんてい》みたいだね。小学生《しょうがくせい》じゃないみたいだ」

……子《こ》どもだと思《おも》って、上《うえ》から見《み》やがって。

光一《こういち》はしかめ面《つら》をしながら腕《うで》を組《く》んだ。

「おれはれっきとした小学生《しょうがくせい》だ。ただし、〈世界一《せかいいち》の天才少年《てんさいしょうねん》〉っていわれてる」

「ふうん。わたしも、きみみたいに賢《かしこ》い子《こ》を仲間《なかま》にすればよかったよ」

白井《しらい》は心底《しんそこ》うんざりしたように、やれやれと肩《かた》をすくめた。

「脱獄《だつごく》しようと決《き》めたとき、一人《ひとり》では負担《ふたん》が大《おお》きかったから仲間《なかま》を集《あつ》めたんだ。きみと同《おな》じようにね。黒田《くろだ》、青木《あおき》、赤星《あかぼし》にゴマをすって近《ちか》づいて……でも思《おも》ったより使《つか》えなかった。それで、このざまだ」

「あんたは、学校《がっこう》に大金《たいきん》が埋《う》まっていると嘘《うそ》をついて、あの三人《にん》に協力《きょうりょく》させた。最終的《さいしゅうてき》にはあいつらをおとりにして、自分《じぶん》だけ逃《に》げるつもりだったんだろ?」

「そんなことまで気《き》づいたんだね。きみの言《い》うとおりだ。わたしは、お荷物《にもつ》のめんどうなんか見《み》たくないからね」

「……もうすぐ、機動隊《きどうたい》が突入《とつにゅう》してくる。あんたに逃《に》げ場《ば》はない。橋本先生《はしもとせんせい》を解放《かいほう》して、ブルーダイヤを渡《わた》すんだ」

「しょうがないなあ」

白井《しらい》は小《ちい》さくため息《いき》をつくと、アタッシュケースに右手《みぎて》を入《い》れた。

宝石《ほうせき》を渡《わた》す気《き》になったのか？

でも、そのわりに白井《しらい》は余裕《よゆう》の表情《ひょうじょう》だ。

光一《こういち》は、注意深《ちゅういぶか》く白井《しらい》を凝視《ぎょうし》したまま、じりっと半歩後《はんぽう》ろへ下《さ》がる。白井《しらい》は、アタッシュケースの中《なか》に手《て》を入《い》れると、目《め》を細《ほそ》めてヘビのように笑《わら》った。

「本当《ほんとう》に、きみは賢《かしこ》いよ。天才《てんさい》だ。でも——」

ケースから手《て》が引《ひ》きぬかれる。

つかんでいるのは……宝石《ほうせき》でも、それを入《い》れるための箱《はこ》でもない。

「こんなものがあることまでは、想定《そうてい》してなかったんじゃないかな？」

「っ!?」

黒《くろ》く、鈍《にぶ》く光《ひか》る銃身《じゅうしん》。先《さき》ほど見《み》た警察用《けいさつよう》のリボルバー式《しき》の拳銃《けんじゅう》とは違《ちが》う。

オートマチック式《しき》の拳銃《けんじゅう》だ。

光一《こういち》によく見《み》えるように、白井《しらい》は拳銃《けんじゅう》の安全《あんぜん》ロックを解除《かいじょ》する。ゆっくりと、スライドを引《ひ》いた。

「こんなふうにのこのこ出《で》てこないで、大人《おとな》しく警察《けいさつ》のところへ、逃《に》げるべきだったんだよ」

「そうかもな」

「さて、どうする？〈世界一《せかいいち》の天才少年《てんさいしょうねん》〉くん」

光一《こういち》は、じっと白井《しらい》の拳銃《けんじゅう》を見《み》つめる。

微動《びどう》だにせず――余裕《よゆう》の表情《ひょうじょう》で笑《わら》った。

「……悪《わる》いけど、おれにはあんたと違《ちが》って仲間《なかま》がいる。世界一《せかいいち》は、一人《ひとり》じゃないんだ」

「なに？」

「白井《しらい》！　おまえは、完全《かんぜん》に包囲《ほうい》されている！　大人《おとな》しく投降《とうこう》しなさい！」

警察官《けいさつかん》の大声《おおごえ》が、裏庭《うらにわ》に反響《はんきょう》した。けれど、白井《しらい》はぴくりともしない。

「今《いま》のは、さっき職員室《しょくいんしつ》で一緒《いっしょ》に捕《つか》まっていた男《おとこ》の子《こ》だろう？　声《こえ》まねの得意《とくい》な」

「……さすがに世界的窃盗犯《せかいてきせっとうはん》は、これくらいじゃだまされてくれないか」

「種《たね》を知《し》っていれば、こんなものは簡単《かんたん》に見抜《みぬ》ける」

白井《しらい》は、笑《わら》いながら銃口《じゅうこう》を上《あ》げた。

「さあ。お子様《こさま》たち、もうお遊《あそ》びは終《お》わりだ」

「観念《かんねん》するのは、そっちだ」

「!?」

頭上《ずじょう》から降《ふ》りそそいだ声《こえ》に、白井《しらい》は目《め》をむいて顔《かお》を上《あ》げる。

その瞬間《しゅんかん》、樹上《じゅじょう》から狙《ねら》い撃《う》ちしたように、石《いし》が降《ふ》りそそいだ。

健太《けんた》が声《こえ》を出《だ》して作《つく》りだしたすきに、和馬《かずま》は白井《しらい》の頭上《ずじょう》へと移動《いどう》していたのだ。

和馬《かずま》が放《はな》った石《いし》がビシリという音《おと》を立《た》てて、銃《じゅう》を持《も》った手《て》とアタッシュケースを寸分《すんぶん》の狂《くる》いもなく撃《う》ちぬく。

光一《こういち》は、白井《しらい》が手《て》から落《お》とした拳銃《けんじゅう》を遠《とお》くへ蹴《け》りとばし、地面《じめん》に落《お》ちたアタッシュケースに、すかさず手《て》を突《つ》っこんだ。

ビロードで覆《おお》われた、深紅《しんく》の小《ちい》さい箱《はこ》をつかみとる。

さすが十億相当《おくそうとう》のダイヤだけあって、サイズのわりに結構重《けっこうおも》い。

ふたを、かぱっと開《あ》ける。その瞬間《しゅんかん》、裏庭中《うらにわじゅう》に、きらきらと青《あお》い光《ひかり》が波《なみ》のように広《ひろ》がった。

一瞬《いっしゅん》、光一《こういち》も和馬《かずま》も動《うご》きを止《と》める。

まるで海《うみ》の中《なか》に入《はい》りこんだみたいに、木《き》や花壇《かだん》に光《ひかり》が反射《はんしゃ》する。

かすかな明《あ》かりしかないのに、しっかりとそれは輝《かがや》きを放《はな》っていた。

すごい……これが十億《おく》のブルーダイヤか。

って、見《み》とれてる場合《ばあい》じゃなかった。

「返《かえ》せ！」

光一《こういち》は、白井《しらい》が飛《と》びかかってくる前《まえ》に、箱《はこ》をひょいと放《ほう》りなげる。箱《はこ》はきれいな放物線《ほうぶつせん》を描《えが》いて、花壇《かだん》のかげに隠《かく》れていた健太《けんた》の手《て》に、すとんと収《おさ》まった。

「このっ！」

「わわわっ」

健太《けんた》が逃《に》げまわりながら、箱《はこ》を持《も》った手《て》を頭《あたま》にかぶせる。白井《しらい》が飛《と》びかかって、無理矢理《むりやり》、手《て》を開《ひら》かせた。

けれど、もうそこに箱《はこ》はない。

「おい！　箱《はこ》を、どこに隠《かく》した。答《こた》えろっ！」

「あ、あそこ……」

健太《けんた》が、ぐるぐると目《め》を回《まわ》しながら、指《ゆび》をさす。

その先《さき》には――非常階段《ひじょうかいだん》の手前《てまえ》で、きょとんとした顔《かお》で箱《はこ》を持《も》ったすみれが立《た》っていた。

「えっ、これ今《いま》どこからきたの!?」

「えへへ、びっくりした？　種《たね》もしかけもございません！　いや、まあ手品《てじな》だから種《たね》もしかけもあるんだけど」

白井《しらい》は歯《は》を食《く》いしばりながら健太《けんた》を突《つ》きとばすと、すみれに向《む》かって突進《とっしん》した。

「ガキっ、ダイヤを寄《よ》こせ！」

長身《ちょうしん》の白井《しらい》が、小柄《こがら》なすみれに迫《せま》る。

勝利《しょうり》を確信《かくしん》した白井《しらい》の手《て》がまっすぐ、すみれに伸《の》びた。

あーあ。

赤星《あかぼし》がやられるところも見《み》てないし、まさか白井《しらい》も思《おも》わないだろうな。

こいつが一番《いちばん》の危険人物《きけんじんぶつ》だなんて。

すみれはにやっと笑《わら》うと、左足《ひだりあし》を踏《ふ》みこんで白井《しらい》に正面《しょうめん》から切《き》りこんだ。

「だから、取《と》っ組《く》み合《あ》いであたしに勝《か》とうなんて、２７４００年早《ねんはや》いってば！」

だんだん増《ふ》えてるぞ。

すみれは、白井《しらい》の服《ふく》をつかんでさっと半回転《はんかいてん》すると、払《はら》うように勢《いきお》いよく左足《ひだりあし》を振《ふ》りあげる。

狙《ねら》いすましたかのように、すみれの左足《ひだりあし》が——白井《しらい》の股間《こかん》に命中《めいちゅう》した。

チーン！

「うぐうう！」

「あっ、ごめんごめん」

すみれはそう言《い》いながらも、そのまま白井《しらい》を思《おも》いっきり払《はら》いあげ——。


ドシーン!!


白井《しらい》は、木《き》の前《まえ》に置《お》いていたアタッシュケースの上《うえ》に、無残《むざん》に叩《たた》きつけられた。

「一本《いっぽん》!」

「うわあ……みごとな内股《うちまた》……」

すぐそばで見《み》ていた健太《けんた》が、ぶるぶると震《ふる》えあがる。

おれも、見《み》てるだけで冷《ひ》や汗《あせ》が出《で》たぞ。あれは痛《いた》い。男《おとこ》は特《とく》に……。

今度《こんど》、内股《うちまた》すかしの特訓《とっくん》をしておこう。

「徳川《とくがわ》くん」

呼《よ》び声《ごえ》に振《ふ》りかえると、縄《なわ》を解《と》かれた橋本先生《はしもとせんせい》が立《た》ちあがるところだった。少《すこ》し疲《つか》れてはいるものの、けがもなさそうに見《み》える。

よかった……！

気《き》がつくと、光一《こういち》は橋本先生《はしもとせんせい》に向《む》かって駆《か》けだしていた。

「橋本先生《はしもとせんせい》、だいじょう――」

「先生《せんせい》！　無事《ぶじ》でよかったです！」

光一《こういち》がたどりつく前《まえ》に、すみれが橋本先生《はしもとせんせい》にぴょんと飛《と》びついた。

すみれのやつ～！

「五井《ごい》さん！　八木《やぎ》くんに風早《かぜはや》くんも！　みんな、わたしを助《たす》けに来《き》てくれたの？」

「そうなんです。先生《せんせい》が危《あぶ》ないって聞《き》いて。言《い》いだしたのは光一《こういち》ですけど」

「徳川《とくがわ》くんが？」

光一《こういち》が前《まえ》に進《すす》みでると、橋本先生《はしもとせんせい》は視線《しせん》を合《あ》わせるために腰《こし》を落《お》とす。いつものほほ笑《え》みを浮《う》かべて、光一《こういち》の顔《かお》を正面《しょうめん》からのぞきこんだ。

なんだか、顔《かお》を合《あ》わせるのが照《て》れくさい。

「ありがとう、徳川《とくがわ》くん。みんなが来《き》てくれなかったら、今《いま》ごろどうなってたか」

「いえ……」

「でも」

橋本先生《はしもとせんせい》はウインクをすると、茶目《ちゃめ》っ気《け》のある声《こえ》で言《い》った。

「危《あぶ》ないことは、もうしちゃだめよ？」

……えっと、できる限《かぎ》りは。

そう心《こころ》の中《なか》で答《こた》えた瞬間《しゅんかん》、ポケットで、ぶるぶるとスマホが震《ふる》える。

もちろん、クリスからの電話《でんわ》だ。

受話器《じゅわき》の向《む》こうから、せわしない物音《ものおと》や声《こえ》にかぶさって、クリスのささやき声《ごえ》が聞《き》こえた。

『急《いそ》いだほうがいいわ。異変《いへん》を怪《あや》しんで、警察《けいさつ》がすぐにも突入《とつにゅう》するみたい。わたしも、そろそろテントを出《で》るから。公園《こうえん》で待《ま》ってる』

返事《へんじ》をする前《まえ》に、クリスの電話《でんわ》がぷつりと切《き》れる。

まったく、映画《えいが》のスパイも真《ま》っ青《さお》だ。

でも、公園《こうえん》で合流《ごうりゅう》するころには、また顔面蒼白《がんめんそうはく》のまま石化《せきか》してるんだろうな。

「すみれ、ブルーダイヤの箱《はこ》を持《も》ってきてくれ」

「その前《まえ》に、もう一回中身《いっかいなかみ》を見《み》てもいい？」

「ダメだ、もう時間《じかん》がない。機動隊《きどうたい》が突入《とつにゅう》してくる」

「光一《こういち》のケチ」

すみれが、光一《こういち》に向《む》かって、ぶんと箱《はこ》を投《な》げつける。光一《こういち》はそれを起用《きよう》にキャッチすると、倒《たお》れこんでいる白井《しらい》の手元《てもと》に置《お》いた。

これでよし、と。

「橋本先生《はしもとせんせい》、その……おれたちのことは、見《み》なかったことにしてもらえませんか？　警察《けいさつ》に見《み》つかると、怒《おこ》られるだけじゃすまないので……」

「オレからも、お願《ねが》いします」

和馬《かずま》が、橋本先生《はしもとせんせい》に深々《ふかぶか》と頭《あたま》を下《さ》げる。

風早警部《かぜはやけいぶ》は父親《ちちおや》だから、風早《かぜはや》こそ本当《ほんとう》に見《み》つかるわけにはいかないだろう。

「……わかったわ」

橋本先生《はしもとせんせい》はゆっくり、でも、力強《ちからづよ》くうなずく。

光一《こういち》は橋本先生《はしもとせんせい》に頭《あたま》を下《さ》げると、くるりと背《せ》を向《む》けて裏門《うらもん》へ向《む》かって走《はし》りだした。

教室棟《きょうしつとう》の向《む》こうから、複数《ふくすう》の足音《あしおと》がかすかに聞《き》こえた。機動隊《きどうたい》が、突入《とつにゅう》を始《はじ》めたに違《ちが》いない。

しばらくは、倒《たお》れてる脱獄犯《だつごくはん》たちに首《くび》をひねることになると思《おも》うけど。

「これで、今度《こんど》こそ一件落着《いっけんらくちゃく》？」

すぐ後《うし》ろを走《はし》っていたすみれが、弾《はず》むように言《い》う。

「そうだな。脱獄犯《だつごくはん》も退治《たいじ》したし、先生《せんせい》も助《たす》けたし」

「おまけに、世界的窃盗犯《せかいてきせっとうはん》も捕《つか》まえて、ブルーダイヤまで見《み》つけてあげたしね。きらきらしてて、すごかったなあ」

「でも、あの十億《おく》の宝石《ほうせき》を置《お》いてきたのは、もったいなかったんじゃない？」

「しょうがないだろ。警察《けいさつ》が元《もと》の持《も》ち主《ぬし》に返《かえ》したほうがいい。白井《しらい》が窃盗団《せっとうだん》っていう、証拠《しょうこ》にもなるしな」

「あ〜あ。まいう〜棒《ぼう》２７４０年分《ねんぶん》……」

「食《た》べたかったねえ」

健太《けんた》がぼそりと言《い》うと、もったいなかったなあと、すみれもぶつぶつと口《くち》をとがらせた。

……それは、おれも少《すこ》しそう思《おも》ってるよ。

一団《いちだん》の最後《さいご》を走《はし》っていた和馬《かずま》が、背後《はいご》を確認《かくにん》しながら言《い》った。

「日野《ひの》は言《い》わずもがなだが、徳川《とくがわ》も演技派《えんぎは》だな。銃《じゅう》がこわくなかったのか？」

「こわくないってことは、なかったけど」

走《はし》りながら、光一《こういち》は考《かんが》えこむように、あごに手《て》を当《あ》てた。

黒田《くろだ》のときも、白井《しらい》のときも、一歩間違《いっぽまちが》えれば無事《ぶじ》じゃすまなかった。

でも――。

「……みんなが、いたからな」

「そうか」

ん？　今《いま》、風早《かぜはや》のやつ、笑《わら》ってた？

そんなわけないか。

「急《いそ》ごう。脱出《だっしゅつ》するまでが、作戦《さくせん》だからな」

光一《こういち》は、高揚《こうよう》する気持《きも》ちのまま、黙《だま》って走《はし》る速度《そくど》を上《あ》げた。

19 世界一《せかいいち》クラブ結成《けっせい》!?

「眠《ねむ》い……」

まだ三時間《じかん》たってないのに。

光一《こういち》は腕時計《うでどけい》から目《め》を離《はな》して、教室《きょうしつ》の机《つくえ》につっぷした。

窓側《まどがわ》の一番後《いちばんうし》ろの席《せき》は、日射《ひざ》しがよくあたって、ますます眠気《ねむけ》を誘《さそ》われる。

今日《きょう》は事件《じけん》が解決《かいけつ》してから、初《はじ》めての登校日《とうこうび》だ。

学校《がっこう》は、立《た》てこもり事件《じけん》の話題《わだい》でもちきり。春休《はるやす》み明《あ》け最初《さいしょ》の日《ひ》ということもあって、いつもよりがやがやと騒《さわ》がしい。

一昨日《おととい》の夜《よる》に橋本先生《はしもとせんせい》を助《たす》けだした後《あと》、クリスとは公園《こうえん》ですぐに合流《ごうりゅう》できた。そこで和馬《かずま》と別《わか》れた光一《こういち》たち四人《にん》は、急《いそ》いで徳川家《とくがわけ》に帰《かえ》ったのだ。

母親《ははおや》の久美《くみ》にばれないように、物置《ものおき》の窓《まど》からまた家《いえ》に入《はい》り、光一《こういち》は自分《じぶん》の部屋《へや》、他《ほか》の三人《にん》は男女別《だんじょべつ》の客間《きゃくま》で倒《たお》れこむようにぐっすりと眠《ねむ》った。

でもあれから、なんか生活《せいかつ》リズムが狂《くる》ってるんだよなあ。

「おはよう、光一《こういち》。ねえねえ、見《み》た？　今朝《けさ》の新聞《しんぶん》！」

この声は、顔《かお》を上《あ》げなくてもわかる。すみれだ。

「お父《とう》さんから借《か》りて、持《も》ってきちゃった。光一《こういち》も読《よ》まない？」

「すみれが新聞《しんぶん》を持《も》ってくるなんて、天地《てんち》がひっくり返《かえ》るな」

「……どーいう意味《いみ》よ！」

ヤバい、投《な》げられる!?

「まあ落《お》ちつけって。で、新聞《しんぶん》にはなんて書《か》いてあったんだ？」

光一《こういち》はすみれが差《さ》しだした新聞紙《しんぶんし》をあわてて受《う》けとると、寝《ね》ぼけ眼《まなこ》をこすりながら目《め》で追《お》う。

『脱獄犯《だつごくはん》による立《た》てこもり事件解決《じけんかいけつ》　犯人《はんにん》は大型窃盗事件《おおがたせっとうじけん》に関与《かんよ》か？

一昨日《おととい》、三ツ谷小学校《みつやしょうがっこう》で発生《はっせい》した脱獄犯《だつごくはん》による立《た》てこもり事件《じけん》は、機動隊《きどうたい》の突入《とつにゅう》によって昨夜《さくや》、解決《かいけつ》した。犯人《はんにん》四人《にん》は逮捕《たいほ》され、人質《ひとじち》となっていた職員《しょくいん》はすぐに近《ちか》くの病院《びょういん》に搬送《はんそう》されたが、けがもなかった。

警察《けいさつ》の発表《はっぴょう》によると、脱獄犯《だつごくはん》のうちの一人《ひとり》、白井和則容疑者《しらいかずのりようぎしゃ》は世界的《せかいてき》に有名《ゆうめい》な窃盗団《せっとうだん》〈レッドバタフライ〉の一員《いちいん》であり、その盗品《とうひん》であるブルーダイヤを三ツ谷小学校《みつやしょうがっこう》に隠《かく》し、その回収《かいしゅう》の際《さい》に、小学校職員《しょうがっこうしょくいん》とはちあわせし、立《た》てこもり事件《じけん》を起《お》こした。

白井容疑者《しらいようぎしゃ》が、人質《ひとじち》となった職員《しょくいん》の携帯電話《けいたいでんわ》を使用《しよう》し、外部《がいぶ》と連絡《れんらく》をとった記録《きろく》が残《のこ》っていた。仲間《なかま》と連絡《れんらく》をとっていた可能性《かのうせい》もあることから、その線《せん》からも共犯者《きょうはんしゃ》の洗《あら》いだしが行《おこな》われる見込《みこ》みだ。

警察《けいさつ》はいまだ捜査《そうさ》の進《すす》んでいない〈レッドバタフライ〉の真相解明《しんそうかいめい》を進《すす》めるとともに、白井容《しらいよう》疑者《ぎしゃ》に余罪《よざい》があるとみて、追及《ついきゅう》するものとみられる。』


「えっ、これだけ⁉　なんかこう、じつはナゾのスーパー柔道《じゅうどう》ヒロインが！　とかの情報《じょうほう》は載《の》ってないの⁉」

「機動隊《きどうたい》が突入《とつにゅう》したときには脱獄犯《だつごくはん》が全員《ぜんいん》が伸《の》びてたなんて、警察《けいさつ》も発表《はっぴょう》できないだろ。おれたちは姿《すがた》も見《み》られてないし。かえってよかったじゃないか」

「橋本先生《はしもとせんせい》、ちゃんとヒミツにしてくれたんだ」

「ああ。今度《こんど》こそ本《ほん》を返却《へんきゃく》しようと思《おも》って朝一《あさいち》で図書館《としょかん》に行《い》ってきたんだけど、何《なに》も言《い》われなかったし」

やんわりと、「もうあんな危《あぶ》ないことはしちゃだめよ」って、再度《さいど》クギを刺《さ》されたけど。

「改《あらた》めて、今度全員《こんどぜんいん》にお礼《れい》を言《い》わせてくれってさ」

「ふーん、鼻《はな》の下《した》伸《の》ばしちゃって。橋本先生《はしもとせんせい》、美人《びじん》だもんね」

「はあ!? 変《へん》なこと言《い》うなよ」

「おはよー。二人《ふたり》とも、どうしたの？ またケンカ？」

健太《けんた》が、クラス中《じゅう》のみんなにあいさつをしながら、光一《こういち》の斜《なな》め前《まえ》の席《せき》にやってくる。

光一《こういち》は新聞《しんぶん》を折《お》りたたんで、すみれに突《つ》きかえした。

「なんでもない」

「そう？ それならいいけど。そういえば、テレビ見《み》た？ ぼくたちが見《み》つけたブルーダイヤが映《うつ》ってたね！ 持《も》ち主《ぬし》の人《ひと》はすっかりあきらめてたから、戻《もど》ってきて大《おお》よろこびだってさ」

「あーあ、やっぱり十億円《おくえん》もったいなかったかも。だって落《お》とし物《もの》って、拾《ひろ》った人《ひと》は何割《なんわり》か、お礼《れい》してもらえるんでしょ？」

すみれが、「あー、まいう～棒《ぼう》があ……」とつぶやきながら、ほおづえをついた。

「相場《そうば》は一割《わり》だな。でも、もし白井《しらい》の逮捕《たいほ》に関《かか》わったなんて知《し》られたら、もっと違《ちが》うお礼《れい》が待《ま》ってるかもしれないな」

「もっと違《ちが》うお礼《れい》?」

「レッドバタフライは今《いま》までだれも捕《つか》まっていなかったんだ。でも今回《こんかい》、白井《しらい》はおれたちのせいで捕《つか》まった。目《め》を付《つ》けられて――狙《ねら》われたりしてな」

「逆恨《さかうら》みされるかも、ってこと?」

「光一《こういち》、そんなこわいこと言《い》わないでよお」

「みんな席《せき》につけ。ホームルーム始《はじ》めるぞ」

担任《たんにん》の福永先生《ふくながせんせい》が、元気《げんき》よく声《こえ》をかけながら、出席簿《しゅっせきぼ》を片手《かたて》に教室《きょうしつ》に入《はい》ってくる。

それまでおしゃべりに花《はな》を咲《さ》かせていたクラスメイトも、ばたばたと席《せき》についた。すみれは光一《こういち》の前《まえ》の席《せき》に、健太《けんた》もその右隣《みぎどなり》に座《すわ》る。

福永先生《ふくながせんせい》は、クラスを見《み》まわしながら、にかっと笑《わら》った。

「みんな、五年生《ねんせい》の終業式《しゅうぎょうしき》の日以来《ひいらい》だな。春休《はるやす》みは元気《げんき》にしてたか? まさか、宿題《しゅくだい》をしてない、なんて言《い》わないよな?」

すみれと健太《けんた》の肩《かた》が、ぎくんと跳《は》ねる。

「二人《ふたり》とも、せっかく休《やす》みが延《の》びたのにやらなかったのか」

「だって! あの事件《じけん》があんまり楽《たの》しかったから、柔道《じゅうどう》のけいこをもっとしたくなっちゃって」

「ぼくも、テレビのチェックに忙《いそが》しくてさあ」

「……おれは手伝《てつだ》わないからな」

「えー、そんなあ！」

「こら、五井《ごい》に八木《やぎ》。静《しず》かにしなさい。今日《きょう》は、みんなに転校生《てんこうせい》を紹介《しょうかい》するぞ。日野《ひの》、入《はい》って」

福永先生《ふくながせんせい》に声《こえ》をかけられて、廊下《ろうか》からおそるおそる人影《ひとかげ》が入《はい》ってくる。

栗色《くりいろ》の髪《かみ》の毛《け》は、再《ふたた》び大《おお》きな三《み》つ編《あ》みにされている。

特徴的《とくちょうてき》な、ピンクの縁眼鏡《ふちめがね》も健在《けんざい》だ。

クリスが教室《きょうしつ》に入《はい》ってくると、一瞬《いっしゅん》ざわめきが起《お》こった。

「ねえ、あの子《こ》すごくかわいくない？」

「ほんと！　それに、事件《じけん》の時《とき》テレビに出《で》てた子《こ》と似《に》てる気《き》がするんだけど」

「そう？　でも雰囲気《ふんいき》、違《ちが》わない？」

あいかわらず、眼鏡《めがね》の効果《こうか》はてきめんらしい。

クリスはぎくしゃくした動《うご》きで教卓《きょうたく》の横《よこ》まで来《く》ると、ややうつむき気味《ぎみ》に立《た》ちどまった。

「……日野《ひの》、クリスです……。よろしくお願《ねが》いします……」

「今日《きょう》から、うちのクラスに転校《てんこう》してきた日野《ひの》クリスだ。みんな仲良《なかよ》くな。席《せき》は……徳川《とくがわ》の隣《となり》が空《あ》いてるな」

福永先生《ふくながせんせい》が、光一《こういち》の右隣《みぎどなり》の席《せき》を指《ゆび》さす。クリスはうなずくと、ますます小《ちい》さくなりながら光一《こういち》の横《よこ》までやってきて、黙《だま》ったまま静《しず》かにイスに座《すわ》った。

先生《せんせい》が、今日《きょう》の流《なが》れを説明《せつめい》しはじめる。すみれと健太《けんた》は、クリスの方《ほう》へ身《み》を乗《の》りだして、小《ちい》さな声《こえ》で話《はな》しかけた。

「一昨日《おととい》はあたしたち、大活躍《だいかつやく》だったよね！　クリスはいいなあ。あの後《あと》も、テレビのVTR《ブイティーアール》に何回《なんかい》か映《うつ》ってたし」

「言《い》わないでっ。わたしは、がんばって忘《わす》れようとしてるの……」

「え〜、そうなの!?　ぼくだったら、絶対録画《ぜったいろくが》して百回《かい》は見《み》るのになあ」

健太《けんた》がそうするのは、今《いま》にも目《め》に浮《う》かぶ。

「ねえ。何《なに》か事件《じけん》が起《お》きたらさ、またみんなで解決《かいけつ》しようよ。光一《こういち》とあたしと、健太《けんた》とクリス、和馬《かずま》の五人《にん》で！」

「えええ。すみれ、本気《ほんき》!?　今回《こんかい》でじゅうぶん、あぶない目《め》にたくさんあったのに……」

「もう、健太《けんた》は根性《こんじょう》ないわね。クリスは？」

それは、いやって言《い》うに決《き》まってるんじゃないか？

光一《こういち》の横《よこ》で、クリスは何秒《なんびょう》か黙《だま》りこくったあと、ぽつりと言《い》った。

「……もう少《すこ》し、目立《めだ》たないなら」

嘘《うそ》だろ……!?

光一《こういち》は、健太《けんた》と顔《かお》を見《み》あわせる。すみれは、がたんとイスを鳴《な》らした。

「やった！」

「五井《ごい》、ホームルーム中《ちゅう》だぞ！　静《しず》かに！」

福永先生《ふくながせんせい》の注意《ちゅうい》に、すみれはぺろりと舌《した》を出《だ》す。

「おれは、またやるなんて言《い》ってないぞ」

「光一《こういち》だって、みんなでやるのも結構楽《けっこうたの》しいなって思《おも》ったくせに」

勝《か》ちほこったような顔《かお》のすみれに向《む》かって、光一《こういち》はむくれて見《み》せる。

「でも、風早《かぜはや》はやりたがらないんじゃないか？」

「そんなことないと思《おも》うけどなあ。なんだかんだ言《い》って、和馬《かずま》も最後《さいご》はまんざらでもなさそうだったし」

「……そうか？」

「まあ反対《はんたい》されたら、また光一《こういち》が理由《りゆう》を考《かんが》えるってことで。なんたって、リーダーだしね」

やっぱり、めんどうなことは全部《ぜんぶ》おれに押《お》しつけようとしてないか？

だいたい事件《じけん》なんて、そんなにひっきりなしに起《お》きないだろ。

まあでも……たしかに、結構楽《けっこうたの》しかったけど。

「また、事件《じけん》が起《お》きたらな」

そう言《い》うと、すみれがうれしそうにガッツポーズをする。

福永先生《ふくながせんせい》の説明《せつめい》をぼんやり聞《き》きながら、光一《こういち》は引《ひ》きだしからノートを取《と》りだした。その1ページ目《め》に、こう書《か》きつける。

『風早《かぜはや》へ
代々《だいだい》つたわる忍《しの》びであることは、絶対《ぜったい》にみんなには秘密《ひみつ》にする。
だから、また事件《じけん》が起《お》きたら手伝《てつだ》ってくれ』

「じゃあ、名前《なまえ》を決《き》めようよ。あたしたちの名前《なまえ》！」

「名前《なまえ》？　急《きゅう》にそんなこと言《い》われても……」

「あっ、ぼくいいアイディアあるよ！」

健太《けんた》はふっふっふ、と含《ふく》み笑《わら》いすると、大《おお》きく胸《むね》を張《は》った。

「世界一《せかいいち》のメンバーが集《あつ》まった——その名《な》も、〈世界一《せかいいち》クラブ〉！」

「いいじゃん！」

すみれとクリスが、ふんぞり返《かえ》る健太《けんた》に向《む》かって小《ちい》さく拍手《はくしゅ》する。

へえ。

「世界一《せかいいち》クラブ、か」

光一《こういち》はページを破《やぶ》りとって、和馬《かずま》への手紙《てがみ》を最初《さいしょ》から読《よ》みなおす。

最後《さいご》に、もう一文《ぶん》だけ書《か》きたした。

『世界一《せかいいち》クラブのメンバーとして、これからもよろしく。 光一《こういち》』

作戦終了《さくせんしゅうりょう》

あとがき

わたしが働《はたら》いていた学校図書館《がっこうとしょかん》で一番人気《いちばんにんき》だった本《ほん》。それは、世界一《せかいいち》の記録《きろく》がたくさんのっている『ギネスブック』でした。男子《だんし》も女子《じょし》も、そして先生《せんせい》も、本《ほん》を囲《かこ》んで熱中《ねっちゅう》している姿《すがた》を見《み》て、「世界一《せかいいち》の能力《のうりょく》を持《も》った人《ひと》たちが、力《ちから》を合《あ》わせてとんでもない事件《じけん》を解決《かいけつ》したら、めちゃくちゃカッコよくておもしろいんじゃない？」と思《おも》ったのが、光一《こういち》たちが誕生《たんじょう》するきっかけです。

ということで、『世界一《せかいいち》クラブ』、いかがでしたでしょうか？困《こま》ってる人《ひと》は全力《ぜんりょく》で助《たす》ける！　悪《わる》いやつは倒《たお》す!!　とんでもなくすごいことをやる!!!　をめいっぱいつめこんでみました。

世界一《せかいいち》クラブの五人《にん》は、みんなヘンテコで凸凹《でこぼこ》だけど、一人《ひとり》でも好《す》きだな！って思《おも》ってもらえたら、五人《にん》の活躍《かつやく》を見《み》て、スカッと元気《げんき》になってもらえたら、最高《さいこう》にハッピーです。

金賞《きんしょう》に選《えら》んでくださった角川《かどかわ》つばさ文庫小説賞《ぶんこしょうせつしょう》の選考委員《せんこういいん》の先生方《せんせいがた》。素敵《すてき》なイラストを描《えが》いてくださった明菜先生《あきなせんせい》。編集部《へんしゅうぶ》のみなさま、担当編集様《たんとうへんしゅうさま》！

そしてだれより、この本《ほん》を手《て》に取《と》ってくれたあなたに、心《こころ》から感謝《かんしゃ》を。この世《よ》に１億以上《おくいじょう》（！）ある本《ほん》の中《なか》で、あなたが『世界一《せかいいち》クラブ』を手《て》に取《と》ってくれた奇跡《きせき》がうれしいです。

第《だい》二巻《かん》（2018年《ねん》1月《がつ》15日発売予定《にちはつばいよてい》）でも、光一《こういち》たち世界一《せかいいち》クラブのメンバーがとんでもない事件《じけん》を解決《かいけつ》する予定《よてい》です。さらに、『おもしろい話《はなし》、集《あつ》めました。Ⓓ《ダイヤモンド》』（2017年《ねん》10月《がつ》15日発売予定《にちはつばいよてい》）にも、世界一《せかいいち》クラブが出張《しゅっちょう》！　すみれが大変《たいへん》なことに、いや……犯人《はんにん》が大変《たいへん》なことに（!?）。

この本《ほん》を読《よ》んでくれたあなたも、もう世界一《せかいいち》クラブのメンバー。ぜひ、次《つぎ》の巻《かん》でもいっしょに冒険《ぼうけん》してくださいね！

最後《さいご》まで読《よ》んでくださって、ありがとうございました！

2017年《ねん》7月《がつ》　大空《おおぞら》なつき

角川つばさ文庫

大空なつき／作

『世界一クラブ』にて、第５回角川つばさ文庫小説賞一般部門〈金賞〉受賞。受賞作を改稿した本書が初めての児童書作品になる。東京都在住。しんかい 6500 に乗って深海へ行くのが夢。図書館と博物館が大好き。著作に『世界一クラブ　テレビ取材で大スクープ！』『世界一クラブ　伝説の男と大勝負!?』『おもしろい話、集めました。Ⓓ』（角川つばさ文庫）。

明菜／絵

イラストレーター。「ミカグラ学園組曲」シリーズ（MF文庫Ｊ）のイラストを担当し、TVアニメ化される。「世界一クラブ」シリーズのイラストを担当する。

角川《かどかわ》つばさ文庫《ぶんこ》

世《せ》界《かい》一《いち》クラブ

最《さい》強《きょう》の小《しょう》学《がく》生《せい》、あつまる！

作《さく》　大空《おおぞら》なつき
絵《え》　明菜《あきな》

2017年９月15日　初版発行
2020年５月30日　12版発行

発行者　郡司 聡
発　行　株式会社KADOKAWA
〒102-8177　東京都千代田区富士見 2-13-3
電話　0570-002-301（ナビダイヤル）
印　刷　大日本印刷株式会社
製　本　大日本印刷株式会社
装　丁　ムシカゴグラフィクス

ISBN978-4-04-631740-7　C8293　　N.D.C.913　215p　18cm

読者のみなさまからのお便りをお待ちしています。下のあて先まで送ってね。
いただいたお便りは、編集部から著者へおわたしいたします。

〒102-8078　東京都千代田区富士見 1-8-19　角川つばさ文庫編集部